W0371543

# SUR LA ROUTE DE SHANGRI-LA

Patrick Delperdange

# SUR LA ROUTE DE SHANGRI-LA

MÉDIUM
*l'école des loisirs*
11, rue de Sèvres, Paris 6e

*© 2023, l'école des loisirs, Paris*
*Loi n° 49.956 du 16 juillet 1949 sur les publications*
*destinées à la jeunesse : août 2023*
*Dépôt légal : août 2023*

ISBN 978-2-211-33155-5

# 1

J'ai écarté le rideau pour jeter un coup d'œil dans la rue. On était au deuxième étage et on voyait les voitures qui passaient sans s'arrêter. Leurs phares faisaient briller la chaussée mouillée. On distinguait même les gens qui se trouvaient dans ces voitures, et ils n'avaient pas l'air très contents.

Il pleuvait depuis le matin et on s'était retrouvés trempés quand on avait voulu se balader pendant l'après-midi. Jim ne nous avait pas dit de prendre des imperméables, comme s'il ne connaissait pas Bruxelles. Il nous avait pourtant raconté qu'il était venu là plusieurs fois quand il était jeune. Jim, c'est mon père, mais il déteste qu'on l'appelle papa. Son nom, ce n'est pas vraiment Jim, mais il déteste aussi qu'on l'appelle Jean-Marie. Il trouve que ça fait employé de banque. Tout ce que je peux dire, c'est que l'idée que mon père travaille dans une banque est assez comique. Il a plutôt l'habitude de distribuer son argent autour de lui quand il en a, c'est-à-dire pas souvent. J'imagine la tête de son patron, à la banque, s'il se mettait à donner des billets à tout le monde.

– Qu'est-ce que tu regardes, Arthur ?

Elle, c'est Lorraine, ma petite sœur. Il faut toujours qu'elle sache exactement ce que je suis en train de faire, comme si elle avait l'intention de tourner un documentaire à mon sujet. Elle ne peut pas me laisser tranquille une seconde. Elle m'adore, je le sais bien. Et je la déteste. Non, je l'adore aussi. Mais je la déteste. Surtout quand elle me tire par la main pour me demander ce que je fais. Ce qui arrive un million de fois par jour.

Je me suis écarté de la fenêtre en laissant retomber le rideau.

– Je comptais les autruches.

– Les autruches ? Quelles autruches ?

– Il y en a une bonne dizaine qui viennent de passer. Sans doute qu'elles ont décidé d'aller manger une pizza quelque part.

Lorraine a mis trois secondes à piger. Elle est maligne, malgré ses sept ans. Elle tient ça de moi. Ou bien de Jim. On est malins de père en fils, dans la famille. Et les filles aussi, bien sûr. Les Stalner, les gens les plus futés du monde.

Jim nous avait emmenés à Bruxelles, trois jours avant Noël. Il s'était mis en tête qu'on passe le week-end ensemble, lui, Lorraine et moi, ce qui n'arrive pratiquement jamais, parce que Jim a toujours d'autres plans, si bien qu'on ne le voit qu'une heure par-ci, par-là. Vu la tête que ma mère avait faite, il était clair que c'était une affaire à tenter, ce week-end. Tout ce qui inquiète ma mère fait partie des choses intéressantes dans la vie. Il était donc venu nous chercher vendredi en fin de journée. On l'attendait avec nos petites valises, on avait pris un car qui partait de la gare du Nord. Trois heures plus tard, on arrivait à Bruxelles. C'était déjà la nuit, il pleuvait et, quand on était descendus du car, on s'était retrouvés dans un café minable où Jim nous avait commandé des croques et des frites. Dégueulasses, il faut dire. Je commençais à me demander si c'était aussi intéressant qu'il l'avait raconté, son Bruxelles.

Jim avait réservé une chambre à l'hôtel Atlas. Il était plutôt chic, dans l'ensemble. La chambre était grande et il y avait deux lits, un pour lui et un pour nous. Sans doute que Jim avait fait de bonnes affaires dernièrement. J'avais essayé de savoir de quelles affaires il s'agissait, mais je n'avais pas vraiment compris. Même ma mère n'en sait pas plus, d'après moi. Dès qu'on lui pose une question à ce sujet, elle fait sa tête « Attention danger ».

Le samedi matin, Lorraine et moi, on avait attendu que Jim se réveille en jouant à CrashCountry. Je la laissais gagner pour pas empoisonner l'ambiance. En fait, pas vraiment. Elle était bonne pour descendre les aliens. Moi aussi, bien sûr. Mais c'est pas pareil. J'ai beau avoir treize ans, presque quatorze, j'ai l'impression d'avoir vécu tellement de choses déjà que je crois parfois être la réincarnation d'un type mort à deux cent cinquante balais. Je ne sais pas si je me fais bien comprendre. Dès que j'essaie de m'expliquer là-dessus, c'est comme si mes idées se réduisaient en fumée et disparaissaient dans l'air, sans que je parvienne à les retenir.

# 2

Le fait est qu'il était plus de dix heures quand on est enfin descendus prendre le petit-déj. Il n'y avait plus personne dans le restaurant de l'hôtel, et Jim a dû insister pour qu'on nous serve, soi-disant que l'heure du service était terminée. Je le regardais faire, avec le sourire qu'il affiche dans ces cas-là et puis les blagues qu'il raconte à n'en plus finir. Il en a tout un répertoire. Il s'adressait à une serveuse qui l'écoutait en se retenant de rigoler. Il a le truc pour ça, c'est sûr. Même si ça me mettait mal à l'aise de le voir se comporter de cette manière, comme si on n'était pas à côté de lui, Lorraine et moi. Encore un peu, et il l'invitait à s'asseoir à notre table pour prendre un café. Elle nous avait regardés, Lorraine et moi, en remuant la tête avec un petit sourire, puis elle était allée chercher un plateau avec des croissants et du chocolat chaud.

Quand on était sortis de l'hôtel pour faire un tour en ville, la pluie s'était arrêtée, mais un vent froid soufflait dans les rues. Les gens marchaient comme s'ils n'avaient qu'une envie, c'était de rentrer chez eux. Je me demandais ce qu'on était venus faire là. J'aurais préféré être dans ma chambre, allongé sur mon lit, mes écouteurs sur les oreilles, à penser à Shangri-La.

Jim a insisté pour qu'on aille voir un endroit qui s'appelait la Grand-Place. Pour la plupart, c'étaient des bâtiments anciens remontant au Moyen Âge. D'après Jim, c'était la plus belle place du monde. En tout cas, c'est ce que les Belges disaient. Je me demandais s'il avait jamais vécu dans cette ville. Peut-être qu'il avait passé sa jeunesse à Bruxelles, avant de venir s'établir en France et de rencontrer ma mère. Qu'est-ce que j'en savais ? Je pense que personne ne connaît la vie de ses parents en détail. Il y a des choses qu'ils préfèrent garder pour eux.

À Bruxelles, à part ça, il y avait beaucoup de magasins qui vendaient des gaufres et du chocolat. À croire que les gens ne mangeaient que ça. Et donc, on en a mangé, nous aussi, assis à une terrasse, sous un radiateur chauffé au rouge qui me donnait l'impression d'être un poulet mis au four. Lorraine avait de la crème chantilly jusque dans les cheveux quand on est repartis.

Pendant le reste de l'après-midi, on a tourné dans les rues. Jim avait l'air de chercher quelque chose qu'il ne trouvait pas. Il regardait les immeubles, mais on aurait dit qu'il ne reconnaissait rien. Lorraine a voulu monter dans une carriole tirée par un cheval, et Jim a accepté. La dame qui conduisait n'arrêtait pas de nous expliquer des trucs au sujet du quartier dans lequel on circulait. Elle disait ça de manière si automatique qu'elle aurait tout aussi bien pu être remplacée par une machine. Peut-être que c'était un robot, d'ailleurs. Il n'y avait que le cheval qui était vivant. On s'en est rendu compte parce qu'à un moment, sans même s'arrêter de tirer la carriole, il a fait de grosses crottes noires qui se sont mises à fumer dans l'espèce de sac en cuir accroché sous ses fesses. Un robot n'aurait jamais pondu des crottes pareilles. Lorraine a regardé ça avec ses grands yeux, puis elle a éclaté de rire.

– Est-ce que L'Archiduc est par là ? a demandé Jim en montrant une direction.

– Qui ça ?

La dame a donné un petit coup de lanière pour faire tourner le cheval, qui n'avait pas besoin de ça. Il connaissait le chemin.

– C'est un club, a dit Jim. Une boîte de nuit, vous voyez ?

– Oh, a fait la dame avec un sourire. Je ne connais pas bien les boîtes de nuit. Mais il y a des cafés, près des Halles Saint-Géry. Beaucoup de cafés. Peut-être qu'il y en a un qui s'appelle L'Archiduc.

– On ira voir, a dit Jim. Merci à vous, en tout cas. Et bravo pour votre conduite, je n'ai jamais rencontré personne qui menait un cheval de cette façon, c'est remarquable. Vous avez du talent.

La dame n'a pas répondu, mais j'ai vu qu'elle était un peu gênée. Je l'étais aussi, il faut dire, parce que j'avais vu Jim faire ça tellement de fois. À croire qu'il ne peut pas s'empêcher de servir son baratin à chaque fois qu'il croise une femme. Après tout, on dirait que ça lui a réussi. À part avec ma mère, bien sûr : il pourrait faire apparaître des oiseaux dans sa main et les lui offrir qu'elle ne craquerait pas. En y réfléchissant, peut-être qu'elle avait déjà craqué trop souvent en écoutant Jim, et que plus rien ne marcherait jamais venant de lui.

Après la balade, on est rentrés à l'hôtel. Jim avait l'air contrarié, mais il a fait semblant de sourire, comme d'habitude.

– C'était quand, la dernière fois que tu es venu ? j'ai demandé.

– Hmmm. Quoi ?

– Tout a changé, non ?

– On dirait bien, a fait Jim. À croire que ce n'est plus la même ville.

– Tu avais quel âge ?

– Un peu plus que toi, a dit Jim. C'était il y a longtemps. Quinze, vingt ans, je dirais.

– Qu'est-ce que tu faisais là ? À Bruxelles ?

Il m'a regardé sans répondre. Il est parti vers la salle de

bains. Quand il en est sorti, il s'était recoiffé et avait mis du parfum. Il a fouillé un petit moment dans sa valise et en a sorti une casquette bizarre qui ressemblait à une vieille galette. Il l'a examinée, puis il l'a posée sur son crâne avec un sourire en coin, comme s'il comptait faire une blague à quelqu'un.

– Je dois faire une course, a-t-il dit. Je peux vous laisser un quart d'heure ? Profitez-en pour vous rafraîchir. Je vous emmène au resto ce soir. Faites-vous beaux, mes petits poulets, d'accord ?

Lorraine faisait tourner les chaînes sur la télé accrochée au mur devant les lits. Je me suis allongé sur le nôtre, avec mon casque sur les oreilles, et j'ai fermé les yeux. Tout de suite, l'image m'est venue en tête. Un chemin de terre entre deux collines avec de la brume, une route qui se perdait dans le lointain avant qu'on voie où elle menait. Mais je savais vers quoi cette route conduisait. Tout au bout de ce sentier qui n'avait l'air de rien se trouvait Shangri-La, la ville où le temps s'était arrêté.

# 3

– J'ai faim, moi.

Lorraine était occupée à me secouer le bras, et j'ai compris que je m'étais endormi sans m'en rendre compte.

– Il est revenu ?

– Qui ?

– Jim. Qui d'autre ? Le Père Noël ?

– Non, a fait Lorraine. J'aimerais bien que le Père Noël arrive avec des cadeaux.

– Peut-être que Jim est allé nous acheter des cadeaux. Qui sait ? C'était peut-être ça, la course qu'il devait faire.

J'ai calculé le temps depuis qu'il était parti. Presque une heure. On était déjà le soir et, par la fenêtre, on voyait les gens se presser pour ne pas être trop mouillés par la pluie qui s'était remise à tomber.

Lorraine tournait dans la chambre comme une souris blanche dans sa cage.

– Qu'est-ce qu'on fait, Arthur ?

– On attend. Qu'est-ce que tu veux qu'on fasse ?

– J'en ai marre. J'ai envie de manger quelque chose. Et j'ai soif.

– C'est tout ?

– Non. J'ai envie d'un cadeau. Tu ne me fais jamais de cadeaux.

– Pour ton anniversaire, je t'ai offert un collier, Lorraine. Tu as déjà oublié ?

– Oui, peut-être. N'empêche que j'ai faim et soif.

À ce moment-là, mon téléphone a sonné. C'était Jim.

– Ça va, les enfants ?

– Super, j'ai dit. Lorraine meurt de faim et elle a déjà fait le tour de la chambre deux mille trois cent quatre fois, sans rien trouver à manger. Tu reviens quand ?

– J'ai été retenu, a dit Jim.

J'entendais une sorte de musique derrière lui. Il était sûrement dans un café.

– Vous savez ce que vous allez faire ? a-t-il ajouté.

– Tu es où ?

– J'attends quelqu'un, a dit Jim.

– Ben, c'est comme nous, alors.

– Juste. T'es un malin, toi.

– Tu me l'as déjà dit. Donc tu rentres, oui ou non ?

– Écoute, Arthur. Voilà ce que je te propose. Je ne sais pas quand je vais pouvoir partir d'ici. Il faut absolument que je parle à cette personne, tu comprends ?

– Non, j'ai dit, je ne comprends pas.

Il y a eu un silence, puis j'ai entendu la voix de Jim qui s'adressait à quelqu'un dans le café. J'aurais voulu lui dire que j'avais compris, contrairement à ce que je venais de déclarer. Compris qu'il avait mieux à faire que de s'occuper de nous. S'il nous avait emmenés à Bruxelles, c'était parce qu'il avait des affaires en cours, comme d'habitude, et des gens à rencontrer. Je l'ai entendu dire : « … pas te mettre en rogne pour ça, Alex. Mais non… Je veux dire… Attends, je… OK, chez Martine, c'est ça ? OK, OK, je te suis… »

Et puis la musique a couvert sa voix.

– Jim ?

– Bon, Arthur, a-t-il repris. Voilà le plan. Tu vois le resto de l'hôtel ? Là où on a pris le petit-déjeuner ce matin.

– Je n'ai pas oublié ça, non.

– Vous allez descendre dans la salle, vous asseoir à la table de tout à l'heure et commander à manger, ce que vous voulez. Vous mettrez ça sur la note de la chambre. Et je vous rejoins là-bas dès que mon rendez-vous est terminé. Tu piges ?

# 4

Malgré ce qu'elle avait dit, Lorraine n'a pas trop mangé. Elle avait pris des crêpes avec du chocolat. Ce n'était peut-être pas une bonne idée, après les gaufres de l'après-midi, mais je ne suis pas son père, après tout. Son père, il avait dit qu'on pouvait commander ce qu'on voulait.

Moi, j'ai mangé un hamburger, en laissant de côté les rondelles de cornichon. S'il y a bien un truc que je déteste, c'est les cornichons. Rien que le nom me débecte. Sans parler du goût. Ça ressemble à du plastique resté trop longtemps dans du vinaigre. Je suis sûr que les gens se forcent à avaler ça. Il suffit de voir la grimace qu'ils font.

On a terminé notre repas, et Jim n'était toujours pas de retour. La serveuse qui s'était occupée de nous pour le petit-déjeuner n'était plus là, elle avait été remplacée par un type tout maigre à la peau jaune. J'ai dû lui expliquer qu'on était à la chambre 63, en lui montrant la clé. C'était pas vraiment une clé, d'ailleurs, c'était une carte en plastique, comme une carte bancaire. Le numéro de la chambre était inscrit dessus. Malgré ça, le serveur avait pas l'air de nous croire, il aurait préféré qu'on paie, mais il a fini par accepter de mettre l'addition sur la note. Il arrêtait pas de nous regarder comme s'il avait peur qu'on lui pique des fourchettes en partant.

Lorraine avait posé la tête sur la table, à côté de son assiette à moitié grignotée. Je crois qu'elle s'était endormie. À chaque fois que quelqu'un entrait dans le restaurant, je m'attendais à voir Jim avec son grand sourire. Mais à neuf heures du soir, il n'était toujours pas arrivé.

Il n'avait pas dit ce qu'on devait faire après avoir mangé. Le plus simple, c'était de retourner dans la chambre et de jouer à CrashCountry.

J'ai réveillé Lorraine qui s'est frotté les yeux en bâillant.

– Quoi ?

– Viens, on va faire un tour.

– Où ça ?

– On n'est pas venus à Bruxelles pour rester à l'hôtel, Lorraine. Tant pis pour Jim, on va visiter sans lui.

Elle a froncé les sourcils. Ça voulait dire qu'elle réfléchissait. Mais si je la laissais cogiter, elle risquait de refuser ma proposition.

– Je me sens mal, a-t-elle dit.

– T'as mangé trop de chocolat. Raison de plus pour prendre l'air. Ça te fera du bien, une petite promenade.

C'est comme ça qu'on s'est retrouvés dehors. Il faisait noir, mais la pluie s'était arrêtée. Lorraine s'est mise à sauter au-dessus des flaques sur le trottoir. On a fait le tour du quartier, en regardant les vitrines des magasins, mais il n'y avait pas grand-chose d'intéressant. Malgré le blouson que j'étais remonté chercher dans la chambre avant de sortir, je commençais à avoir froid. Lorraine avait la peau bleue, et c'était pas à cause des guirlandes de Noël accrochées un peu partout. Sur « la plus belle place du monde », selon Jim, il y avait un énorme sapin et une crèche avec des personnages en carton, et une vraie vache, et un vrai mouton. C'était un spectacle assez infernal dans le genre.

J'avais décidé de rentrer quand j'ai vu le néon rouge d'une enseigne accrochée au-dessus d'une porte en fer, dans la rue qu'on venait d'emprunter. Et cette enseigne, elle disait « L'Archiduc ».

# 5

On apercevait de la lumière à travers les vitres, mais on n'arrivait pas à voir à l'intérieur. Peut-être que Jim était toujours là, en train d'attendre son rendez-vous.

La porte était fermée, mais un jeune type en blouson de cuir noir s'est approché alors que je me demandais comment entrer. Il a appuyé sur une sonnette que je n'avais pas remarquée, avant de jeter son mégot de cigarette dans la rue. Au bout d'un moment, quelqu'un lui a ouvert et j'en ai profité pour le suivre, en tirant Lorraine derrière moi.

Il faisait chaud dans la petite salle, et il n'y avait pas beaucoup de lumière, à part près du comptoir rempli de verres et de bouteilles. Un grand piano occupait une bonne partie de la pièce, et un vieux avec une fine barbiche grise était en train de jouer, mais d'une manière tellement décontractée, les yeux à moitié fermés, qu'on aurait pu croire qu'il dormait. Personne ne semblait se rendre compte que ce vieux monsieur jouait du piano. C'était un peu triste, même s'il paraissait s'en fiche complètement. J'ai fait le tour de la salle des yeux, mais je n'ai pas aperçu Jim. Peut-être qu'il se trouvait dans une autre pièce. Il y avait un étage, où des gens s'étaient installés, dans l'ombre.

Je me suis approché du bar, derrière lequel le gars au blouson de cuir était passé. J'ai compris que c'était le barman, et qu'il était sans doute sorti fumer dehors quand on l'avait croisé. Il a mis un moment pour se tourner vers moi.

– Qu'est-ce que tu fous là, gamin ?

– Je cherche Jim, j'ai dit. Est-ce qu'il est ici, par hasard ?

J'essayais d'avoir l'air aussi décontracté que le type au piano, mais ce n'était pas facile. Le gars a remué la tête en faisant la moue.

– Jim ? C'est qui, Jim ?

– C'est mon père. Je pense qu'il était là tout à l'heure.

Le gars a commencé à servir des verres en m'ignorant. Lorraine remuait à côté de moi. Elle a lâché ma main et elle est allée voir le vieux type jouer. J'ai vite compris qu'elle avait envie de s'y mettre, elle aussi, parce qu'elle a tendu la main et posé un doigt sur une touche blanche. Le vieux a ouvert un œil pour la regarder, et je crois bien qu'un sourire est apparu au coin de ses lèvres.

– Faut pas rester là, petit, a dit le gars au blouson. Il n'y a pas de Jim ici.

– Jean-Marie, j'ai dit. Jean-Marie Stalner, c'est comme ça qu'il s'appelle, en fait.

Jim serait fâché s'il apprenait que j'avais balancé son vrai prénom, mais il fallait que je tente le tout pour le tout.

– Stalner ? a répété quelqu'un au bout du comptoir. C'est ce nom-là que tu viens de dire ?

C'était un homme tout pâle, avec des cheveux bizarrement collés sur son crâne, et des lunettes noires, à se demander comment il pouvait voir quelque chose à travers. Il était assis sur un tabouret, un verre vide devant lui.

– Vous savez où il est ? lui ai-je demandé.

L'homme pâle a pris une grande inspiration, puis il a indiqué son verre.

– Tu me remets ça, Boris, steplaît, a-t-il dit au barman.

– Excusez-moi, j'ai dit en m'approchant. C'est important. On est tout seuls à Bruxelles, ma petite sœur et moi, et j'aimerais bien savoir où est passé mon père.

– Bien son genre, a dit Lunettes noires en remuant la tête.

J'ai senti qu'on me tirait par la manche. Lorraine en avait déjà fini visiblement avec sa carrière de pianiste. Elle se tenait à côté de moi, avec la tête qu'elle a quand elle a besoin de quelque chose.

– J'ai soif, elle a dit.

– Je n'ai pas d'argent, Lorraine. On va rentrer à l'hôtel, d'accord ? Tu boiras là-bas.

– Mais j'ai soif tout de suite, moi !

– J'ai compris. Et toi, qu'est-ce que tu n'as pas compris quand je t'ai dit que j'avais pas d'argent ?

– Boris, sers-lui une limonade, a dit Lunettes noires au barman qui venait de remplir son verre d'un liquide brun.

Alors, comme ça, vous êtes les gosses à Stalner ? Il m'a pas parlé de vous.

–Vous le connaissez ?

Le gars a haussé les épaules.

– On fréquentait les mêmes bars, il y a des années de ça. Après, il a disparu je ne sais où.

– Il était ici tout à l'heure, non ?

Lunettes noires a réfléchi, avant de se gratter la tête, en essayant de ne pas trop déranger les cheveux collés à son crâne.

– Il était avec Alex, j'ai ajouté, en me souvenant du nom que Jim avait prononcé, pendant qu'il me parlait au téléphone.

– Ils sont partis ensemble, d'après ce que j'ai pu voir, a déclaré le barman qui venait de poser un verre de liquide jaune rempli de glaçons sur le bar, devant Lorraine.

– Il y a longtemps ? Vous savez où ils sont partis ? je lui ai demandé.

– Il vaut mieux ne pas se mêler des affaires d'Alex et de Jim, a dit Lunettes noires. Ça n'apporte que des ennuis.

C'est alors que Lorraine a voulu saisir le verre de limonade, mais le comptoir était trop haut pour elle, si bien qu'elle l'a lâché et que le verre est tombé par terre en répandant des glaçons et du liquide un peu partout.

# 6

– Je venais de tout nettoyer, dis donc, a fait le barman. Tu pouvais pas faire gaffe ?

– Elle a que sept ans, j'ai dit. C'était peut-être à vous de faire attention.

– Oh, gamin, viens pas me casser les pieds en plus, a dit le barman. D'ailleurs, vous avez rien à faire là. On t'a dit que ton père s'était tiré, non ? Cassez-vous avant que je me fâche.

Il avait le don de se rendre impopulaire. J'allais lui mettre moins deux étoiles sur cinq, à son bar, lui pourrir sa réputation. Il regretterait de nous avoir accueillis comme des vieilles loques.

Lunettes noires buvait son alcool, il ne disait plus rien. Il semblait nous avoir oubliés, Lorraine et moi. Il était plongé dans ses souvenirs. L'époque où il allait boire des verres avec ses potes, dans sa jeunesse. Tous les bars où ils s'étaient saoulés. C'est ce que j'imaginais. Peut-être qu'il avait eu envie d'aller à Shangri-La, lui aussi, quand il était jeune ? Et puis il avait lâché l'affaire, sans savoir pourquoi. Il a achevé son verre, avant de se diriger vers les toilettes en marchant pas tout à fait droit.

J'ai repris la main de Lorraine.

–Viens, on s'en va. Jim n'est plus là, de toute manière.

– Hé ! a dit le barman Boris. Vous avez pas réglé la limonade, là.

– C'est le monsieur qui l'a commandée, j'ai dit. Et on l'a même pas bu, ton pipi de chat.

– Je m'en fiche de qui a commandé, a fait Boris. C'est à toi que je l'ai servie, c'est toi qui paies.

Je n'ai pas attendu qu'il fasse le tour du comptoir. J'ai entraîné Lorraine aussi vite que j'ai pu, on a traversé la salle et réussi à sortir avant que Boris nous rattrape.

Dans la rue, on s'est mis à courir en direction de l'hôtel. J'espérais ne pas me tromper de chemin, je me souvenais plus ou moins du quartier, mais, vu qu'on n'était pas dans notre ville, c'était moins facile, évidemment. D'autant que Lorraine ne m'aidait pas. Il fallait que je la tire à la manière d'un vieux paquet de linge, elle arrêtait pas de chouiner comme une souris en caoutchouc. Heureusement, le Boris n'a pas insisté, en tout cas, je ne l'ai pas vu sortir de L'Archiduc pour se lancer à notre poursuite. Il allait sans doute mettre le prix de sa fichue limonade sur le compte de Lunettes noires. C'était pas comme si on l'avait volé.

J'ai arrêté de remorquer Lorraine au bout d'un moment, et jeté un coup d'œil aux alentours. Peut-être qu'on était partis dans la mauvaise direction, après tout, parce que je ne reconnaissais pas l'endroit. J'ai appelé Jim pour lui raconter ce qui s'était passé et lui demander de venir nous chercher. Si jamais il était rentré, il avait dû s'inquiéter de pas nous trouver. Mais c'est sa boîte vocale qui m'a répondu, comme d'habitude, avec le message ultra hilarant qu'il avait enregistré il y a des années. Il imitait un type soi-disant célèbre, un comique qui devait faire rire ses potes bourrés, et encore, c'était pas sûr. Enfin, c'était pas drôle, en résumé.

L'idée la moins drôle encore, c'est que Jim aurait dû m'appeler, s'il était arrivé à l'hôtel. Il n'avait pas cherché à savoir ce qu'on devenait, ni rien. Je préférais ne pas trop creuser, j'étais déjà pas trop joyeux de ce qui se passait depuis qu'on avait débarqué à Bruxelles.

À force de circuler dans les rues, j'ai fini par apercevoir l'hôtel Atlas. Il s'était remis à pleuvoir, ou bien c'était la dernière pluie qui avait repris de la force, le fait est qu'on était trempés, Lorraine et moi, quand on est entrés dans le hall. C'est à cet instant que j'ai compris que je n'avais pas la clé de la chambre.

# 7

Il ne s'agissait pas d'une vraie clé, comme je l'ai déjà dit, mais d'une carte magnétique qu'on remuait devant la poignée de la porte. Une fois à l'intérieur, on la glissait dans la fente d'un boîtier pour allumer les lampes. Et cette carte, ben, on l'avait laissée dans la fente du boîtier à côté de l'entrée, en partant tout à l'heure. Je devrais plutôt dire que c'était moi qui l'avais oubliée quand j'étais remonté chercher mon blouson. C'est toujours difficile d'avouer une erreur, mais là, ça faisait pas de doute, j'étais le seul responsable.

Mais bon, c'était pas si grave en soi, ils devaient avoir d'autres cartes à l'hôtel, on n'était sûrement pas les premiers qui oubliaient de l'emporter quand ils quittaient leur chambre.

À l'accueil, un gros bonhomme avec des lunettes calées sur son front regardait l'écran devant lui comme s'il avait jamais vu un truc du genre. Je me suis approché et j'ai attendu qu'il se tourne vers moi.

– Oui, c'est pour quoi ?

– Je suis désolé, j'ai dit, mais on a laissé la carte dans la chambre en partant.

Le gros m'a regardé sans rien répondre. On aurait dit qu'il n'avait pas compris. Il s'est remis à fixer son écran.

– Excusez-moi de vous déranger, j'ai ajouté. Il faudrait nous donner une nouvelle carte, sinon on ne va pas pouvoir rentrer dans notre chambre.

– J'en avais jamais vu d'aussi culotté que toi, a dit le gros.

– Culotté ? Pourquoi vous dites ça ?

Je me suis demandé si c'était bien à moi qu'il avait parlé.

– Tu préfères que j'appelle la sécurité ? a repris le gros.

Cette fois-ci, plus d'erreur, c'était à moi qu'il s'adressait, parce qu'il me regardait droit dans les yeux.

– La sécurité ? Non, pourquoi ? C'est juste cette affaire de carte, monsieur. Il n'y a pas de danger, vous inquiétez pas.

Sans doute qu'il se faisait tout de suite des idées pour rien. Il paraissait calme, pourtant, à part ses lunettes qui tremblaient sur son front à chaque fois qu'il bougeait la tête.

– Je te conseille de déguerpir, il a dit en montrant la porte. Et tout de suite. On fera comme si j'avais rien vu, rien entendu.

– Écoutez, monsieur, on est à la chambre 63 avec mon père, je ne vous raconte pas de bêtises.

– Bien sûr.

–Vous pouvez vérifier. On s'appelle Stalner.

Je n'arrêtais pas de citer mon nom dans cette ville, comme s'il fallait tout le temps prouver qui j'étais.

– Et il est où, ton père ? a demandé le gros type.

– Il est parti faire une course, j'ai dit.

– Comme par hasard.

– Il va arriver d'une minute à l'autre, je vous jure.

– Mais oui.

L'affaire était de plus en plus claire, il ne croyait pas un mot de ce que je lui disais.

–Vous pouvez regarder dans le fichier ? S'il vous plaît. Chambre 63. Stalner. S-T-A-L…

– C'est bon, a fait le gros. J'ai compris. Mais si tu m'as mené en bateau…

Il m'a jeté un sale regard avant de faire glisser ses lunettes devant ses yeux. Il s'est penché sur son écran. Et puis un sourire est apparu entre ses grosses joues rouges. On aurait dit un loup qui venait d'apercevoir une poule endormie.

– Stalner, hein ?

– Oui. Vous avez trouvé ? Si vous pouviez nous donner une nouvelle carte maintenant…

– Il n'y a pas de Stalner dans l'hôtel, mon petit gars. C'est raté.

– Quoi ? Chambre 63 ? Il y a qui, à la chambre 63, alors ?

–Tu t'imagines que je vais te donner le nom de ces clients ? Tu me prends vraiment pour un imbécile. Après ça, tu vas me dire que c'est celui de ta mère ou je ne sais quoi ?

– Ben non, j'ai dit, ma mère, elle est pas là… Parce que… elle est… Enfin, ils sont…

J'étais en train de réfléchir. C'était pas possible qu'il n'ait pas trouvé notre nom. Peut-être qu'il le faisait exprès, je ne sais pas, il avait décidé que j'étais une saleté de voyou qui cherchait à pénétrer dans les chambres, et il n'en démordrait pas. Mais peut-être que mon père avait donné un autre nom en réservant la chambre. Peut-être qu'il ne voulait plus s'appeler Stalner. Parce qu'il n'avait pas envie d'attirer l'attention. Ou pour une autre raison. Quelque chose qui avait à voir avec notre voyage à Bruxelles, et que je ne connaissais pas. En relation avec ses affaires. Ou sa vie d'avant. Un truc dont il ne m'avait pas parlé. Puisqu'il ne me parlait de rien. Peut-être qu'il ne s'appelait plus Stalner. Peut-être que je n'étais plus son fils.

Quand je me suis tourné pour prendre la main de Lorraine, elle ne se trouvait plus à côté de moi.

# 8

J'ai juste eu le temps de la voir du coin de l'œil. Elle entrait dans l'ascenseur dont la porte venait de s'ouvrir, à l'autre bout du hall.

– Lorraine ! Où tu vas ? Attends une seconde.

Elle n'a pas répondu. Elle ne s'est même pas retournée vers moi. Elle avait pris sa marche zombie, c'est son habitude quand elle est fatiguée, à croire qu'il y a un mécanisme à l'intérieur d'elle pour faire fonctionner le bazar quand elle en peut plus. Elle me fait peur, des fois.

–Va pas par là, a dit le gros derrière moi alors que je m'étais éloigné pour rejoindre Lorraine. La sortie se trouve de l'autre côté.

– Il faut que je surveille ma sœur, monsieur. Elle est toute petite, vous savez.

– D'abord ton père, puis ta mère, et maintenant ta sœur ? Arrête de me raconter des salades. Ça ne prend pas, avec moi.

Je n'ai pas pris la peine de lui répondre. Je ne pouvais pas laisser Lorraine se balader toute seule dans cet hôtel, à son âge. Mais je ne suis pas arrivé assez vite devant l'ascenseur. Il était déjà parti vers les étages. J'ai voulu m'engouffrer dans l'escalier qui se trouvait juste à côté. En grimpant quatre à quatre, je pouvais atteindre le premier étage et appuyer sur le bouton pour arrêter l'ascenseur. Malheureusement, une femme était occupée à descendre les dernières marches avec son chien, si bien que j'ai dû attendre avant de me lancer. Je ne pouvais tout de même pas les bousculer, elle et son clebs en forme de saucisse. Du coup, le rougeaud de l'accueil avait eu le temps de quitter son comptoir et de traverser le hall pour me rattraper.

– Je t'ai dit de partir, il a fait d'une voix rauque, comme s'il ne voulait pas attirer l'attention des clients autour de nous. Je ne vais pas le répéter. Allez, fiche le camp d'ici, sale gosse.

Je n'arrêtais pas de me faire injurier, dans cette ville.

On aurait dit qu'il suffisait de se trouver à l'étranger pour que les gens vous balancent des grossièretés à la tête.

Le chien reniflait mes baskets mouillées. Il devait se demander s'il allait lever la patte pour me pisser dessus. Je l'ai repoussé du pied pour l'écarter, et il s'est mis à gémir comme un ballon de plastique qui va se dégonfler d'un coup. La dame a lâché un cri, elle aussi, plutôt aigu. Le gros rougeaud m'a attrapé par le bras pour me retenir.

– Dis donc, qu'est-ce qui te prend de frapper ce pauvre chien ?

– Je l'ai pas frappé, j'ai dit. C'est lui qui s'est mis dans mes pieds.

– Quel toupet ! a dit la dame. Tu as eu mal, mon petit cœur ?

J'ai cru que c'était à moi qu'elle parlait, mais je me trompais. Elle s'est penchée pour prendre la saucisse dans ses bras et elle s'est mise à le câliner en pleurnichant, comme si son clébard était passé sous les roues d'un camion. Le rougeaud s'était écarté pour contempler ce spectacle, en me lâchant par la même occasion. J'en ai profité pour me jeter dans l'escalier, avec un bond de gazelle, une gazelle qui a un peu cogné l'épaule de la dame au passage.

– Espèce de voyou ! a crié le gros. Reste ici ! Je t'interdis de partir, tu m'entends.

Je me suis dit qu'on aurait l'occasion de s'expliquer quand j'aurais remis la main sur Lorraine. Et puis, peut-être que Jim allait enfin débarquer, et toute cette histoire se terminerait d'un coup et le rougeaud me ferait ses excuses et je les accepterais avec grand plaisir. Dans tes rêves, Arthur. On n'était pas à Shangri-La, c'était de plus en plus certain. Bruxelles se trouvait un peu plus au nord, il pleuvait presque en continu, et, quand il ne pleuvait pas, il y avait du vent froid. Les chemins entre les buissons ne menaient pas dans la cité où le temps s'était arrêté et où on s'allongeait dans un hamac entre deux arbres, dans l'ombre douce, baigné par le chant des oiseaux. Le paradis, cet endroit. Où tout le monde s'aime et où personne ne vous crie dessus. Depuis que j'en avais entendu parler, dans une histoire que j'avais lue, je mourais d'envie d'y aller. Et j'y allais, d'ailleurs. Il me suffisait de fermer les yeux et d'y penser très fort. Comme si je partais en voyage, en oubliant tout.

Au lieu de ça, j'ai entendu les cris que poussait le gros rougeaud en me voyant escalader les marches vers le premier étage. Évidemment, l'ascenseur avait continué de monter plus haut. Est-ce que Lorraine avait la moindre idée de l'étage où se trouvait notre chambre ? Dans l'état où elle était, peut-être qu'elle s'était tout bonnement endormie, recroquevillée dans la cabine, et qu'elle allait faire des va-et-vient jusqu'à ce que quelqu'un se demande ce qu'elle faisait là. Je me suis remis à grimper les marches sans perdre une seconde.

En arrivant au deuxième, j'ai vu que l'ascenseur s'était arrêté. La porte s'est ouverte quand j'ai appuyé sur le bouton. Mais Lorraine n'était plus à l'intérieur.

J'étais tellement sûr de la trouver que je suis resté un moment sans réaction. J'ai jeté un coup d'œil aux alentours. Le couloir qui menait aux chambres n'était pas très éclairé, mais on voyait qu'il était désert. Où est-ce qu'elle avait pu aller ? Ma dispute avec le rougeaud et la dame au chien n'avait pas duré si longtemps. Si elle était sortie de l'ascenseur une minute plus tôt, elle ne pouvait pas se trouver loin.

– Lorraine ? Où t'es passée ?

Pas de réponse.

En tout cas, elle était descendue au bon étage, parce que la chambre 63 se trouvait là sur la gauche. Elle était pas si zombie, ma petite sœur. Je suis allé jusqu'à la porte et j'ai essayé de la pousser, mais elle ne s'est pas ouverte, évidemment. J'enrageais de savoir que la carte se trouvait à moins de dix centimètres, dans la fente du boîtier. À Shangri-La, je n'aurais eu qu'à le vouloir pour que la porte s'écarte lentement, sans un bruit, et que je puisse entrer dans la chambre. À Shangri-La, j'aurais retrouvé Lorraine allongée sur le lit, endormie profondément, avec son pouce dans la bouche comme elle fait encore parfois quand elle vit un truc un peu difficile, et puis Jim aurait été installé dans un des fauteuils, cool, les jambes croisées, en train de lire un journal, et il aurait souri en me voyant, il m'aurait fait un clin d'œil pour ne pas réveiller ma sœur. Et tout se serait bien passé. Voilà ce que c'était, cette cité, d'après ce que j'en connaissais.

Mais on n'était pas à Shangri-La, pas besoin de me faire un dessin. J'étais dans un couloir d'hôtel, face à une porte fermée qui refusait de s'ouvrir, et je n'avais pas la moindre idée de ce qu'était devenue ma sœur. Et mon père était parti faire une petite course, il y avait plusieurs heures de ça, et il n'était pas revenu. À croire qu'il nous avait tout bonnement abandonnés.

J'étais occupé à penser à tout ça quand j'ai entendu un

bruit de pas au fond du couloir. Le rougeaud est apparu au-dessus des marches, et il n'était pas seul. Il y avait deux autres types avec lui. Ils se sont approchés. Et j'ai eu beau leur dire que ma sœur était là, pas loin, sans doute assise dans un coin à m'attendre, ils n'ont rien voulu entendre. Ils m'ont quasiment soulevé pour me descendre au rez-de-chaussée.

Et ils m'ont jeté dehors.

# 9

Il pleuvait, juste ce qu'il fallait pour mettre l'ambiance. J'étais sur le trottoir devant l'hôtel Atlas, c'était pratiquement la nuit, j'étais trempé et j'avais la rage que ces types n'aient pas voulu me croire. Je n'avais rien fait de mal, je n'avais pas volé, je n'avais frappé personne, à part le petit coup que j'avais donné à ce chien qui voulait pisser sur mes baskets. Je ne ressemblais pas à un voyou, j'avais l'air qui était le mien d'habitude, avec mes vêtements et mes cheveux bien coupés. Ma mère payait assez cher pour ça. D'ailleurs, en y pensant, je me suis dit qu'il fallait peut-être que je l'appelle pour la mettre au courant.

Mais, d'un autre côté, si je lui balançais tout, c'en serait fini des week-ends avec Jim. Peut-être même que ce serait fini de le voir, une fois pour toutes. Et de toute façon, qu'est-ce qu'elle pouvait faire, à trois cents kilomètres de Bruxelles ? Le temps qu'elle arrive, même si elle sautait dans sa voiture et roulait à cent cinquante, mes problèmes seraient réglés.

J'ai donc décidé d'attendre encore un peu avant de la joindre. Après tout, je n'étais pas mort, j'étais même pas blessé, ni rien. J'étais juste mouillé. Et j'avais froid. De plus en plus froid, malgré la rage. Mais je pouvais attendre devant l'hôtel jusqu'à ce que Jim apparaisse. Il n'allait pas rester absent toute la nuit. Enfin, c'était ce que j'espérais.

Quand j'avais pensé qu'il nous avait abandonnés, Lorraine et moi, je n'y croyais pas vraiment. Il allait rentrer, à un moment ou un autre. Pour en avoir le cœur net, j'ai fait son numéro, et, bien sûr, je suis tombé sur son message hyper comique. Ha ha, Jim, très drôle. Même si je n'étais pas dans le meilleur état pour apprécier le stand-up du Moyen Âge. J'ai attendu que le vieux type termine son discours hilarant.

– Jim ? On a un problème... Rappelle-moi si tu entends ce message... Mais... qu'est-ce que tu fabriques ? On est tout seuls et...

J'ai raccroché, parce que j'allais dire des choses que je préférais garder pour moi. De toute façon, il écoutait pas sa boîte vocale. Personne fait plus jamais ça.

Le plus inquiétant, c'était que Lorraine était toujours à l'intérieur de l'hôtel, et que je ne pouvais plus y mettre les pieds. J'avais essayé de me poster juste devant la porte pour jeter un coup d'œil, mais le rougeaud était toujours derrière son comptoir. Dès qu'il m'a aperçu, il a fait un geste de la main comme pour chasser un moustique, ce qui m'a énervé un peu plus encore.

J'ai tenté de me calmer en me disant que ma sœur devait certainement être endormie dans un des couloirs, et que des gens allaient finir par prévenir le type de l'accueil. Voilà ce que j'espérais. En plus du retour de Jim. C'est pas agréable d'être forcé d'attendre sans pouvoir faire avancer les choses.

J'ai fait des allers-retours sur le trottoir devant l'hôtel, en essayant de me mettre à l'abri, mais je ne voulais pas rater Jim quand il se pointerait. Parfois, des idées me traversaient l'esprit, qui ne me plaisaient pas trop. Pour quelle raison n'était-il pas encore revenu ? Qu'est-ce qui le retenait si longtemps ? Est-ce qu'il avait eu un problème, lui aussi ? Je me souvenais de ce qu'avait dit le barman, à L'Archiduc, au sujet du type avec qui mon père parlait quand il m'avait appelé. Un dénommé Alex. « Je ne me mêle pas des affaires d'Alex et de Jim, il avait dit, et je te conseille d'en faire autant. » Un truc du genre.

Au bout d'une heure, j'étais glacé. Je serais bien allé me réchauffer dans un café, mais je n'avais pas un centime sur moi, on ne me laisserait jamais rester si je ne commandais rien. Je ne tenais pas à me faire traiter de voyou une fois de plus.

J'en pouvais plus d'attendre. De moins en moins de gens circulaient dans la rue, la plupart étaient rentrés chez eux. La pluie s'est arrêtée, mais il n'a pas fait plus chaud pour autant. J'avais envie de me plonger dans un bain bouillant et d'y rester une heure, moi qui n'aime pas ça d'habitude.

Quand je me suis décidé à pénétrer de nouveau dans le hall, un grand type s'est aussitôt pointé vers moi, l'air menaçant.

– Si tu ne disparais pas, garçon, on va appeler les flics, d'accord ?

– J'ai quand même le droit de marcher sur le trottoir, non ?

– Fais comme tu veux, m'a dit le type avec un drôle de sourire. Mais t'es prévenu. Tu te casses maintenant ou tu finis au commissariat. D'ailleurs, je les appelle tout de suite, je ne sais pas pourquoi on a attendu jusqu'ici. Je ne comprends pas ce que tu as en tête, mais tu vas avoir des ennuis, mon gars.

Il est retourné dans le hall et je l'ai vu passer derrière le comptoir pour prendre un téléphone.

Qu'est-ce que j'allais pouvoir expliquer à la police, si jamais ils débarquaient ? Sûr qu'ils allaient m'emmener. Qui sait comment les choses allaient tourner ? Il valait mieux que je m'éloigne un peu, que je me cache, pas trop loin, pour guetter l'arrivée de Jim sans me faire repérer.

Je me suis appuyé à un piquet métallique planté le long de la chaussée, qui empêchait les voitures de se garer sur le trottoir. Ma tête tournait comme si j'avais pas mangé depuis plusieurs jours. Je n'arrivais plus à réfléchir. J'avais l'impression d'être pris dans un sale truc dont je ne parvenais pas à me tirer.

En m'éloignant de l'entrée, j'ai aperçu un passage entre l'hôtel et l'immeuble d'à côté.

J'ai essayé de voir où ça menait. Avec un peu de chance, je pourrais peut-être me faufiler à l'intérieur de l'hôtel par l'arrière. C'est alors que quelqu'un m'a donné un coup sur l'épaule qui m'a fait basculer.

# 10

J'étais certain que c'était un des employés de l'hôtel qui m'avait suivi et qui allait m'empoigner avant de me balancer un peu plus loin, mais, quand j'ai réussi à me retourner, je me suis retrouvé devant un garçon en T-shirt, avec de longs cheveux qui lui tombaient sur les épaules.

Il m'a souri. Il me tenait par le bras, et je sentais la force de ses doigts à travers mon blouson. On s'est retrouvés l'un en face de l'autre, et je me suis rendu compte qu'on faisait pratiquement la même taille. On devait avoir le même âge aussi.

– Pas bouger, a dit le garçon à voix basse.

– Pourquoi ?

Il a ouvert de grands yeux comme si ma question lui paraissait étonnante.

– Qu'est-ce qui se passe ? ai-je demandé.

– Toi, attendre, a simplement dit le garçon.

Moi qui étais gelé d'être resté dans le vent et la pluie,

je ne comprenais pas comment il n'était pas mort de froid. En plus de son T-shirt tout mince, il portait un short qui lui arrivait aux cuisses, et des baskets rafistolées avec de la ficelle.

Il lançait des coups d'œil aux alentours, l'air de guetter les allées et venues dans la rue juste derrière nous.

– Toi aussi, ils t'ont jeté ? j'ai ajouté.

– Jeté ?

– Le gros type à l'accueil, ai-je dit en gonflant les joues pour imiter le rougeaud.

Le garçon s'est mis à rire.

– Gros type, il a fait. Lui pas méchant.

– N'empêche qu'il m'a foutu dehors, ai-je dit.

J'ai failli lui demander s'il avait oublié sa clé à l'intérieur de sa chambre, mais il était clair que ce n'était pas le genre de client de l'hôtel Atlas.

– Viens, maintenant, a-t-il soudain déclaré.

Il m'a emmené dans le passage entre les deux immeubles. On entendait des bruits de vaisselle, sûrement en provenance d'une cuisine.

Il faisait de plus en plus sombre au fur et à mesure qu'on avançait dans ce couloir, et il y avait des sacs plastique rangés au pied d'un des murs, sans doute des poubelles que quelqu'un était venu balancer là.

Au fond du passage, il s'est de nouveau arrêté pour observer. Il a hoché la tête au bout d'un moment, en se tournant vers moi, et il m'a souri. C'était le genre de sourire qui vous faisait sourire aussi, comme si, pour une raison inconnue, il vous faisait comprendre que tout allait bien se passer, que les problèmes seraient résolus d'une manière ou d'une autre, et qu'il ne fallait pas s'inquiéter. C'était le genre de sourire qu'ont les habitants de Shangri-La.

Il m'a pris par la main. Aucun de mes potes ne m'avait jamais pris par la main. J'aurais trouvé ça ridicule. Je prenais la main de ma sœur, et celle de ma mère, et encore, de moins en moins souvent. Mais, avec ce garçon, ça semblait si naturel que je n'ai rien dit, et je l'ai suivi là où il avait décidé de m'emmener.

# 11

Le passage débouchait sur une cour à l'arrière de l'hôtel. Une seule lampe, accrochée à un poteau, diffusait une lumière jaunâtre. Au fond de la cour, un mur de briques noires pas très propres se fondait dans l'obscurité. On devinait des cartons empilés et des bacs de bouteilles, des coffres de métal et des ustensiles de nettoyage, le genre de choses qu'on venait abandonner là pour s'en débarrasser. Il ne restait pas beaucoup d'espace pour circuler.

Je regardais tout ça en me demandant si je pouvais découvrir une manière ou une autre d'entrer dans l'hôtel sans me faire voir, et de rejoindre Lorraine avant qu'on la jette dehors elle aussi. Il devait y avoir une porte quelque part par où les employés sortaient du bâtiment pour passer dans cette cour.

Le garçon m'avait lâché la main sans que je m'en rende compte. Il s'était glissé entre deux rangées de caisses sur la gauche. Il s'est tourné pour voir si je le suivais.

– Daoud, a-t-il déclaré.

– Quoi ?

Quelle langue est-ce qu'il employait ? Il a tapoté sa poitrine en répétant le mot.

– Daoud.

C'était son nom, évidemment. Bizarre de se trouver là, dans cette cour qui sentait les vieux débris, avec ce garçon qui se présentait comme si on s'était rencontrés à la cantine.

– Arthur, j'ai dit en posant moi aussi ma main à plat sur mon cœur.

– Arthur, a répété Daoud en souriant. *Good, good,* Arthur. Art. Toi, Art. Moi, Daoud.

Tout ça semblait lui plaire, je n'arrivais pas à comprendre pourquoi. Il faisait à peu près moins quarante degrés, on était trempés par la pluie qui s'était remise à tomber, il était habillé comme s'il comptait aller à la plage, on était dans la cour pourrie d'un immeuble, avec une lumière qui ressemblait à du vomi de chat, et il souriait.

*OK,* je me suis dit, *d'accord, Daoud, on va faire comme si tout allait super bien.* N'empêche que ça n'allait pas régler mes problèmes.

– Il faut que j'entre dans l'hôtel, je lui ai dit.

– Hôtel ?

– À l'hôtel Atlas, j'ai expliqué en montrant l'immeuble derrière nous. Tu sais comment je peux entrer discrètement ? Ma sœur est à l'intérieur.

Il m'a regardé sans répondre. Est-ce qu'il comprenait le français ? Il n'avait dit que des mots par-ci, par-là. Peut-être qu'il parlait anglais.

– Daoud, *you understand*? j'ai ajouté. Je dois retrouver ma petite sœur. Elle est là-dedans, toute seule. *Alone. My little sister.*

J'ai fait un geste avec la main, pour montrer la taille de Lorraine, mais en exagérant un peu, comme si c'était une naine.

– Viens, Art, a dit Daoud.

Il m'avait repris la main pour m'entraîner entre les piles de cartons. Il se dirigeait vers le fond de la cour, et j'ai vite compris que ce n'était pas par là que j'allais pouvoir pénétrer dans l'hôtel. Il n'avait certainement pas saisi ce que je lui avais dit.

On s'est retrouvés devant deux containers bleus, rangés dans un coin. Daoud a soulevé le couvercle du premier puis il a grimpé sur le rebord de plastique et il a plongé la tête à l'intérieur.

– Bonnes choses, il a dit. Toujours bonnes choses ici.

J'avais déjà capté que ce gars fouillait les poubelles pour trouver à manger. Sans doute qu'il était à la rue, et qu'il savait que les gens de l'hôtel venaient jeter dans cette cour des trucs encore mangeables.

– Daoud, *sorry*, ai-je dit, mais il faut que j'aille chercher ma sœur. OK ?

Il s'est redressé. Il avait toujours le sourire. Il tenait dans la main une demi-baguette de pain toute mollassonne qui devait avoir trempé dans je sais pas quoi.

– Toi, avoir faim, Art ?

Il me tendait la baguette.

J'ai répondu non de la tête. Je n'avais aucune envie de manger du pain qui sortait d'une poubelle. Mais comment le lui faire comprendre sans le vexer ?

J'ai indiqué le bâtiment derrière nous.

– Il faut que je te laisse, Daoud. Content de t'avoir rencontré.

J'allais ajouter « *Nice to meet you* », mais ça cadrait pas trop avec l'ambiance.

De toute façon, il n'a rien répondu.

Je lui ai fait un petit signe de la main, et j'ai retraversé la cour dans l'autre sens. Depuis combien de temps Lorraine était-elle toute seule là-dedans ? Une heure, une heure et demie ? Je l'imaginais en train de trembler de peur dans un couloir, sans personne pour la consoler.

Au-dessus de moi, le vent s'était remis à souffler et des nuages noirs passaient dans le ciel. Je ne sais pas pourquoi, j'ai pensé à Jim. Peut-être parce qu'il filait lui aussi, à toute vitesse, pour échapper à quelque chose qui lui faisait peur.

J'arrivais à proximité du bâtiment quand j'ai entendu des pas dans mon dos. C'était Daoud qui m'avait suivi.

– Toi aller dedans, Art ?

Il a fait une grimace pour la première fois depuis qu'on se connaissait. Il n'avait pas l'air de trouver mon idée très futée.

– T'inquiète, j'ai dit. Juste le temps de dénicher ma sœur.

Je n'avais aucune idée de la manière dont on disait « dénicher » en anglais, alors j'ai agité la main devant moi, pour essayer de lui faire piger le truc, mais ça m'a eu l'air de compliquer le truc plus encore.

Il a mis un doigt sur ses lèvres. Ça, c'était un geste que tout le monde comprenait. Et puis il a posé un bras sur mes épaules. On devait ressembler à deux vieux amis super contents de se retrouver. C'était bizarre, parce qu'un quart d'heure plus tôt je serais passé à côté de lui sans même le regarder.

Il avait gardé la baguette dans la main et, l'air de rien, comme s'il pensait à autre chose, il a mordu dedans et a commencé à mâchonner le pain.

J'allais le laisser à ses réflexions quand il m'a montré quelque chose, pointant son morceau de pain vers la façade de l'immeuble devant nous. Il y avait une échelle attachée au mur qui grimpait jusqu'au toit, tout en haut. Elle était en métal gris et elle longeait le rebord des fenêtres, à chacun des étages. Je me suis dit qu'elle devait servir en cas d'incendie, pour que les gens puissent s'enfuir. Ce que me montrait Daoud, c'était la fenêtre du deuxième étage. Sur le côté gauche, on apercevait une fente plus noire que le reste. Ce qui signifiait que cette fenêtre était entrouverte.

Daoud avait toujours son sourire. J'ai fait oui de la tête pour lui dire que j'avais compris.

## 12

Bien sûr, c'était plus facile à dire qu'à faire, cette histoire. Parce qu'elle était un peu bizarre, cette foutue échelle. Les barreaux étaient si écartés les uns des autres qu'il fallait s'accrocher aux montants pour les escalader. Les types qui avaient fabriqué ça n'avaient pas trop réfléchi. Ou bien c'étaient des géants. En tout cas, ils ne l'avaient pas essayée, leur échelle. Sans doute qu'ils s'étaient contentés de l'installer là, et puis basta. Personne s'en était jamais servi. J'étais le premier à le faire. Après Daoud, je dois avouer.

Je ne savais pas ce qu'il avait en tête. Mais le fait est que, au moment où je m'étais décidé à grimper les premiers échelons, il m'avait doucement écarté pour s'élancer avant moi. Peut-être qu'il avait décrété que je devais pas y aller tout seul. Peut-être qu'il ne pouvait pas m'abandonner comme ça sans m'aider. J'en savais trop rien, et de toute manière, c'était pas l'heure de se poser des questions.

On s'est donc mis à grimper, moi derrière lui, jusqu'au balcon du deuxième étage. En me hissant le long de la façade, je sentais le vent qui me soufflait dans le dos, un vent froid aussi agréable qu'une douche de glace pilée. Je tremblais un peu, mais c'était à cause de l'effort, rien d'autre. Enfin, pas seulement à cause de l'effort. Je me demandais toujours comment j'allais faire pour retrouver Lorraine, et pour m'enfuir avec elle. Mais il fallait penser aux problèmes les uns après les autres, c'était la meilleure façon d'y arriver. D'abord entrer dans cet hôtel, et puis dénicher ma sœur. C'étaient ces idées-là qui me faisaient trembler. Pas beaucoup, mais n'empêche, il fallait que je serre les doigts sur les barreaux de métal froid pour ne pas tomber.

Daoud avait déjà sauté sur le balcon quand je suis enfin arrivé à sa hauteur. Il m'a tendu la main, et on s'est retrouvés l'un à côté de l'autre devant la fenêtre entrouverte. On entendait des bruits venant de l'intérieur. Des gens parlaient, un moteur grondait dans les environs, et quelqu'un donnait des coups de marteau dans un mur. Mais ce n'était pas des coups de marteau, je m'en suis rendu compte tout de suite après: c'était de mon ventre que ça venait, tout à l'intérieur, d'un endroit que je ne connaissais pas, comme si rien n'avait jamais bougé à cet endroit-là. C'était comme si j'explorais un monde qui n'avait pas grand-chose à voir avec celui que j'avais connu jusqu'ici.

Quand j'ai repris mes esprits, Daoud avait déjà poussé la fenêtre et s'était glissé à l'intérieur. Je l'ai suivi et je me suis retrouvé dans un débarras où les employés de l'hôtel venaient apparemment ranger leurs trucs. Il y avait des piles de serviettes blanches sur des étagères, des balais, des seaux, des produits d'entretien. Daoud se tenait devant un gros réfrigérateur qu'il avait ouvert. Il a sorti un grand pain emballé dans un sachet plastique, il l'a coincé sous un de ses bras, puis il a pris une pomme dans laquelle il a aussitôt croqué, avant de me la tendre.

– Merci, mais *no hungry,* Daoud. Je t'ai dit que je n'avais pas faim.

Il tenait visiblement à ce que je mange. Je n'allais pas lui raconter que j'avais laissé la moitié de mon hamburger sur mon assiette quand on avait dîné au restaurant avec Lorraine, tout à l'heure. Du coup, j'ai pensé que le reste de mon plat se trouvait peut-être dans la poubelle que Daoud venait de fouiller, dans la cour.

J'ai traversé la petite pièce, en laissant Daoud se servir dans le frigo. Il pouvait emporter ce qu'il voulait, ce n'était pas ça qui allait ruiner l'hôtel Atlas.

J'ai poussé lentement la porte du débarras, et j'ai aperçu le couloir devant moi. Je le connaissais bien, on était au deuxième étage, c'était donc là que se trouvait notre chambre. Peut-être que Lorraine se tenait tout près, recroquevillée à côté de la porte ? Ou peut-être que Jim était rentré entretemps, et avait découvert ma sœur en train de dormir. Peut-être qu'ils attendaient tranquillement mon retour. Bienvenue à Shangri-La, mon petit Arthur.

Mais, après avoir frappé doucement à la porte, puis donné carrément un coup de poing, j'ai compris qu'il n'y avait toujours personne à l'intérieur.

La porte de la chambre d'à côté s'est alors ouverte, et un homme en peignoir a jeté un œil dans le couloir.

– Qu'est-ce qui se passe ici ?

Il avait les cheveux mouillés, sans doute qu'il sortait de sa douche.

– J'ai perdu ma carte, je lui ai dit. Vous savez, pour ouvrir la porte.

– Ah oui, d'accord.

Il n'a rien ajouté, il s'est contenté de hocher la tête, et il a refermé sa porte après m'avoir observé de haut en bas.

J'ai pris la direction de l'escalier au fond du couloir, en regardant partout. Je n'osais pas élever la voix de peur d'attirer l'attention. J'avais déjà fait assez de bruit comme ça en tapant sur la porte. Je restais sur mes gardes, en guettant les bruits de pas. Je ne tenais pas à tomber une fois de plus sur le gros rougeaud de l'accueil.

J'ai dépassé l'ascenseur et continué dans le couloir qui conduisait à l'autre partie de l'hôtel. Peut-être que Lorraine s'était trompée, vu son état zombie quand elle avait pris l'ascenseur. Mais il ne m'a pas fallu longtemps pour comprendre qu'elle n'était pas dans les environs. Est-ce que les gens de l'hôtel l'avaient trouvée et emmenée ailleurs ? Qu'est-ce qu'ils avaient pu lui faire ? Ils n'avaient tout de même pas osé la jeter dehors elle aussi, à son âge ?

Et puis ce que je craignais est arrivé. J'ai entendu des voix de l'autre côté du couloir et, en me tournant, j'ai aperçu un type en costume qui parlait à un autre, en peignoir. C'était celui qui m'avait vu frapper à la porte de la chambre. J'aurais dû me douter qu'il allait appeler l'accueil pour me balancer.

Je me suis reculé dans un recoin dans l'espoir qu'ils ne me remarqueraient pas, mais ils allaient certainement faire le tour de l'étage et me tomber dessus si je ne bougeais pas de là.

Au bout d'un moment, leurs voix se sont éloignées. J'en ai profité pour reprendre rapidement le chemin de la petite pièce par laquelle j'étais entré. Je n'avais pas trouvé Lorraine, et ça me flanquait la rage de l'abandonner une fois de plus, mais si cet homme me mettait la main dessus, je risquais de passer un mauvais quart d'heure.

Je me suis posté devant la fenêtre ouverte pour redescendre le long de l'échelle. Le premier barreau se trouvait à un mètre, même pas. Je le voyais dans la lueur de la grosse lampe installée dans la cour aux poubelles. J'avais réussi à passer de l'un à l'autre en montant, et je n'aurais pas plus de difficulté à franchir cet espace une deuxième fois, en faisant attention. Mais quelque chose m'a retenu. Pendant un moment, je ne suis plus arrivé à comprendre ce que je faisais là, dans ce débarras, en train de fuir un employé d'hôtel chargé de la sécurité. Je n'étais pas un voyou. Ce qui m'arrivait n'était dû qu'à la malchance. Si je n'avais pas oublié cette carte magnétique, on serait en train de dormir tranquillement dans notre chambre, Lorraine et moi, en attendant le retour de Jim. Est-ce qu'il suffisait d'un accident comme celui-là, même pas un accident, juste un petit ennui de rien du tout, pour que les gens vous considèrent comme un voleur? Parce que j'étais sûr que c'était ce qu'avait cru l'homme en peignoir. J'avais bien vu la tête qu'il avait faite en me voyant frapper à la porte.

Quelqu'un est soudain entré dans la pièce et s'est rué sur moi, mais, avant que j'aie pu me sauver, j'ai reconnu Daoud. Il m'a serré contre lui comme s'il voulait m'embrasser. C'était bizarre, mais je l'ai laissé faire, sans doute que c'était dans ses habitudes. Après m'avoir tenu contre lui, il s'est écarté.

– Faut partir, Art!

– Quoi? *What, what*?

Il m'a repoussé d'un geste du bras et, sans rien ajouter, il a sauté au-dehors par la fenêtre. Je l'ai vu disparaître, comme s'il avait été englouti par l'obscurité.

J'en ai eu la chair de poule, avant de comprendre qu'il avait attrapé l'échelle et qu'il était en train de la dévaler aussi vite que possible. Sans l'avoir décidé, je l'ai suivi.

Derrière moi, j'ai entendu des pas et une voix a crié:

– Ils sont ici!

Je descendais les barreaux de l'échelle comme un dératé. À cette vitesse-là, le type de l'hôtel n'arriverait jamais à me rattraper. J'ai aperçu l'ombre de Daoud en dessous de moi qui se mettait à courir, et puis, je ne sais pas comment, mon pied a dérapé alors que j'arrivais au dernier échelon, et ma main a lâché l'échelle.

Je suis tombé au pied du mur, j'ai senti ma cheville se plier, et une sorte de couteau brûlant s'est enfoncé dans ma jambe. Je suis d'abord resté accroupi, immobile, en attendant que la douleur s'en aille. Mais il fallait que je parte d'ici sans perdre une seconde. J'ai voulu me remettre debout.

Une main s'est de nouveau posée sur mon bras et l'a serré sans ménagement.

# 13

J'ai senti qu'on me fouillait un peu partout, dans mes poches, sous mon blouson et autour de ma ceinture. Je me suis débattu.

– Arrête de gigoter, a dit l'homme qui me tenait.

– Laissez-moi tranquille, j'ai rien volé !

– Ah bon ? Qu'est-ce que tu faisais donc à l'intérieur ? Tu cherchais ta chambre, peut-être ?

– Ben, oui.

Le type s'est arrêté de me palper le ventre. Il m'a regardé avant de se mettre à rigoler.

– Ah, on m'avait dit que t'étais culotté. Ça se confirme.

– Mais c'est vrai ! Je vous mens pas, monsieur, je vous le jure.

J'essayais d'être aussi poli que possible, même si je sentais toujours la rage au fond de moi.

– Tu veux me faire croire que si t'as grimpé l'échelle incendie c'est parce que tu savais pas comment rejoindre ta chambre ? Hein ? Tu t'imagines que je vais avaler ça ?

– Je voulais retrouver ma sœur, monsieur. Elle est petite, elle a que sept ans, et elle s'est perdue. Elle est quelque part dans l'hôtel, je sais pas où.

– D'accord. Et ton copain ?

– Qui ?

– Celui avec qui tu étais. Il cherchait sa sœur, lui aussi ?

– Ah… lui ? Je sais pas. Je ne le connais pas.

– Bien sûr. Vous vous êtes rencontrés par hasard au pied de l'échelle et vous avez décidé de grimper ensemble pour aller jeter un coup d'œil dans les couloirs, histoire de voir si une petite sœur passait par là.

Je n'ai pas répondu. Moi-même, je n'y aurais pas cru si quelqu'un m'avait raconté une chose pareille. Mais il fallait que je parvienne à lui faire comprendre, à ce type, d'une manière ou d'une autre.

– Je n'ai rien pris, monsieur, vous avez vu.

– Sans doute que tu n'as pas eu le temps, il a répliqué. Je te suis tombé dessus avant ça.

– Je ne suis pas un voleur, j'ai dit. Je suis en vacances à Bruxelles, avec mon père et ma sœur.

– Et dans ta famille, vous avez l'habitude d'emprunter l'échelle de secours ? Vous avez peur des ascenseurs ?

On se tenait debout l'un devant l'autre, au milieu des poubelles, dans la lumière jaune du lampadaire. L'homme me tenait toujours le bras, en serrant fort, pour m'empêcher de m'enfuir. Il me regardait d'un air grave.

– Et ils sont où, tes parents ? a-t-il demandé. Pourquoi t'es tout seul en pleine nuit ?

– Mon père est allé faire une course, j'ai dit. Il nous a laissés, ma sœur et moi. Mais il va revenir, c'est juste qu'il répond pas quand je l'appelle. Parce que…

Je me suis arrêté parce que je sentais que j'étais en train de m'enfoncer. Qu'est-ce que je pouvais lui dire ? Que Jim nous avait emmenés à Bruxelles parce qu'il avait des affaires à régler, et qu'elles étaient plus importantes que ses deux enfants ? Et puis, qu'il ne voulait pas qu'on sache qu'il s'appelait Stalner, si bien qu'il avait réservé la chambre sous un faux nom ? Ça ne risquait pas d'arranger mes problèmes.

– Par contre, je peux téléphoner à ma mère, j'ai ajouté.

– Elle est où ?

– Chez nous, aux Lilas.

– Aux Lilas ? Qu'est-ce que c'est ?

Il fronçait les sourcils.

– Vous connaissez pas Les Lilas ?

– Je sais que c'est une fleur, il a dit. À part ça…

– C'est là que j'habite. Près de Paris, vous savez, une sorte de banlieue. Paris, vous connaissez ?

Je l'ai vu qui remuait la tête lentement, et il a resserré un peu plus sa prise sur mon bras.

– Tu me prends vraiment pour un idiot, gamin.

– Mais non, monsieur !

Il a paru réfléchir un instant.

– Je devrais appeler les flics pour qu'ils t'embarquent. Tu sais ça ?

– Je n'ai rien fait. Vous m'accusez de quoi ?

– Tu es entré dans l'hôtel par effraction, tu ne peux pas dire le contraire, non ? Cette échelle, tu l'as bien grimpée, tu as circulé dans les couloirs en cherchant quelque chose à voler.

– Plein de gens circulent dans les couloirs, j'ai dit. Vous les accusez pas de vouloir voler, eux.

– Joue pas au plus malin avec moi. Ça ne marche pas.

– Puisque vous ne me croyez pas quand je vous dis que je suis en vacances, je vais appeler ma mère et elle vous le confirmera, d'accord ?

Il m'a de nouveau observé, dans la lumière du réverbère. Il n'avait pas l'air trop méchant, cet homme, mais il ne changerait jamais d'avis à mon sujet. Pour lui, j'étais un voleur, et rien d'autre. J'étais sûr que ma mère réussirait à le convaincre du contraire, à condition qu'elle réponde. D'habitude, à cette heure-ci, elle laisse sonner sans décrocher. J'espérais qu'en voyant mon numéro elle accepterait l'appel. De toute manière, je n'avais pas d'autre solution.

J'ai voulu prendre mon téléphone dans la poche arrière de mon jean, et c'est comme ça que je me suis rendu compte qu'il n'y était plus.

# 14

Sans doute que je l'avais perdu en escaladant cette échelle, ou quand j'avais glissé du dernier barreau de fer avant de m'affaler sur le sol. Mon téléphone devait se trouver pas très loin. J'ai fait quelques pas en essayant de le retrouver. Mais il n'était nulle part.

– Tu cherches quelque chose ? a demandé l'homme de la sécurité.

Je sentais bien qu'il se moquait de moi.

– J'ai perdu mon téléphone, j'ai dit. Je ne sais pas ce qui s'est passé.

– Bien sûr.

Ce n'était pas possible que mon téléphone ait disparu de ma poche comme ça. Il devait être quelque part, peut-être entre les poubelles rangées contre le mur. J'ai voulu aller chercher de ce côté, et puis je me suis souvenu du truc bizarre que Daoud avait fait quand on s'était retrouvés dans le débarras, lui et moi, la manière qu'il avait eue de se coller à moi comme si on était occupés à une prise de judo. Il avait eu l'air si content. Il me tenait contre lui et j'avais senti ses bras qui me serraient et me tapaient dans le dos. Est-ce qu'il en avait profité pour me piquer mon téléphone ? Dans l'obscurité, il avait pu le faire sans que je le voie.

Aussitôt après avoir eu cette idée, je m'en suis voulu, parce que j'étais en train de penser exactement comme le type de la sécurité. Je croyais que Daoud était un voleur qui n'aurait pas hésité à me prendre mon téléphone à la première occasion. Alors qu'en vérité il avait essayé de m'aider à pénétrer dans l'hôtel.

D'un autre côté, il avait disparu dès qu'on s'était glissés dans le débarras par la fenêtre entrouverte. Il ne s'était plus occupé de moi ni de ma sœur. Il avait fait je ne savais quoi. Il fallait que je l'admette : Daoud était un voleur. Je l'avais vu prendre le pain et la pomme dans le frigo. Il avait pu rôder dans les couloirs également, et tenter d'entrer dans une chambre pour y piquer un téléphone.

Après quoi, il avait détalé.

La pluie avait recommencé à tomber et je la sentais qui me trempait, mais je m'en fichais.

– Écoute, mon garçon, a repris l'homme de la sécurité. Vu que t'as rien sur toi et que c'est la première fois que je te pince, je ferme les yeux.

– C'est-à-dire ?

– C'est-à-dire que je ne vais pas appeler les flics et je

vais te laisser partir. Tu peux rejoindre ton copain. Il t'attend sûrement dans le coin, non ?

– J'en sais rien, j'ai dit en haussant les épaules. Ce n'est pas mon copain. Je ne le connais même pas.

Je regardais autour de moi, mais tout ce que je voyais, c'étaient des cartons vides, empilés les uns sur les autres, des poubelles en plastique qui débordaient de déchets, des vieilles brosses au manche cassé, tout ça dans une lumière aussi sale que le reste. Je n'en revenais toujours pas de me trouver dans une situation pareille. Qu'est-ce qui s'était passé depuis qu'on était arrivés dans cette ville ? Mais je savais bien que ce n'était pas Bruxelles qui était responsable de mes ennuis.

– Va-t'en avant que je change d'avis, a repris le gardien.

– Pour aller où ?

– Ça ne m'intéresse pas. Tu vas où tu veux. Pourvu que tu ne restes pas dans les parages. C'est assez clair ?

– Vous ne connaissez pas la route de Shangri-La ? j'ai dit. C'est là que je veux aller. On y va par un chemin de terre, entre deux collines perdues dans la brume.

– Qu'est-ce que tu me chantes, gamin ? Je ne comprends rien à ce que tu racontes.

– C'est normal, ne vous en faites pas.

Je me suis éloigné en empruntant le passage qui longeait l'hôtel, et je me suis retrouvé dans la rue.

Je ne savais plus quelle heure il pouvait être. La plupart

du temps, je regarde sur mon téléphone… J'avais l'impression d'être privé d'une partie de moi-même. Il m'était déjà arrivé de me rendre compte que je l'avais oublié à la maison ou laissé sur une table au collège, et, dans ces cas-là, je me dépêchais de le récupérer. Mais, cette fois, c'était bien plus terrible. J'ai mis la main à ma poche pour le prendre, machinalement, comme si mon cerveau n'arrivait pas à enregistrer qu'il avait disparu.

J'ai marché le long de la façade de l'hôtel Atlas. La plupart des fenêtres étaient sombres. Les gens devaient être au lit, au chaud sous leur couette, en train de dormir ou de faire une dernière partie de CrashCountry, avec juste l'écran qui brillait dans l'obscurité.

J'ai regardé le deuxième étage de l'hôtel, où se trouvait notre chambre. Est-ce que j'avais laissé allumé en partant, quand j'étais remonté chercher mon blouson ? La carte magnétique devait toujours se trouver dans le boîtier, donc c'était possible. Difficile de savoir où se situait la 63 quand on était dehors. Pourtant, il m'a semblé que la seule fenêtre où on voyait encore de la lumière était celle-là.

J'avais les yeux braqués sur le rectangle plus clair. Mais je me tenais de l'autre côté de la rue, parce que je savais que si je me rapprochais trop de l'entrée le gardien allait débouler pour me chasser une fois de plus.

J'ai fixé cette lueur si longtemps que des étoiles se sont mises à clignoter devant mes yeux. J'allais partir quand j'ai soudain vu apparaître une silhouette dans la lumière. Et, avec une sorte de frisson, j'ai cru reconnaître Jim, qui venait jeter un coup d'œil au-dehors.

J'ai agité le bras pour attirer son attention, mais je me tenais dans l'obscurité des arbres sur le trottoir et j'étais difficile à voir. C'était d'ailleurs pour cette raison que je m'étais mis là, afin que le gardien ne puisse pas m'apercevoir.

La forme noire qui se découpait sur le fond lumineux continuait de se pencher pour regarder à l'extérieur. J'étais de plus en plus sûr que c'était Jim. Je reconnaissais ses cheveux toujours ébouriffés sur le haut de son crâne, et ses épaules un peu tombantes. Il fallait à tout prix qu'il s'aperçoive de ma présence et qu'il vienne me chercher. Sans doute qu'il avait fini par rentrer, et qu'il avait trouvé Lorraine toute seule. Elle n'avait pas réussi à lui expliquer ce que j'étais devenu. Qu'est-ce que j'aurais fait à sa place, en découvrant que mon fils avait disparu ? Je l'aurais appelé, en tout cas. Mais s'il l'avait fait, c'est celui qui m'avait piqué mon portable qui avait reçu l'appel. Après ça, Jim m'avait certainement cherché dans les environs de l'hôtel, sans me trouver. Il avait paniqué, c'était sûr. Et il s'était mis à attendre que je revienne, moi aussi. Je savais ce que c'était, d'attendre, sans savoir combien de temps ça peut durer.

J'ai traversé la rue en courant, et je suis allé me poster juste en dessous de la fenêtre éclairée. J'avais peur que la silhouette ne se détourne avant que je réussisse à me faire remarquer. Le type de l'hôtel allait m'apercevoir, lui aussi, mais je m'en moquais.

– Jim ! Hé ! Je suis là, Jim !

J'ai crié en remuant la main. Cette fois-ci, j'étais dans la lueur de l'enseigne de l'hôtel Atlas, on ne pouvait pas me rater.

– Jim ! C'est moi, Arthur !

La silhouette ne réagissait toujours pas, comme si elle était aveugle et sourde. Je m'attendais à ce que la fenêtre s'ouvre, et que mon père me voie et comprenne que je n'étais pas perdu.

Au lieu de ça, la silhouette restait immobile, au point que j'en étais à me demander s'il ne s'agissait pas d'un mannequin qu'on avait déposé devant la fenêtre. Ce n'était pas possible qu'il ne me remarque pas, vu que je criais de plus en plus fort.

– Jim ! Tu m'entends ? C'est moi ! Papa ! Papa ! Je suis là. C'est Arthur ! Papa !

J'ai regardé autour de moi, cherchant quelque chose à lancer en direction de cette fenêtre, n'importe quoi, une canette jetée par terre, une branche tombée d'un des arbres, un caillou. Rien.

Quand j'ai de nouveau levé les yeux vers la fenêtre, la lumière s'était éteinte.

Mon cœur battait dans ma poitrine comme si je venais de courir pendant des kilomètres. J'ai lentement repris ma respiration.

Il restait une chance pour que mon père apparaisse derrière la porte vitrée de l'hôtel. Il avait dû mettre un peu de temps pour enfiler ses chaussures. Il devait attendre l'ascenseur. Ou dévaler l'escalier depuis le deuxième étage.

Mais personne n'est sorti pour me prendre dans ses bras et me ramener dans la chambre. La lumière ne s'était pas rallumée. Tout le monde dormait. Je m'étais trompé, ce n'était pas lui. Ce n'était pas Jim que j'avais vu à la fenêtre. Non, pas possible que ce soit mon père. C'était quelqu'un d'autre, un homme qui ne me connaissait pas.

J'ai encore attendu une minute ou deux, et puis je me suis éloigné dans la nuit.

# 15

Il faisait de plus en plus noir. La plupart des lumières s'étaient éteintes, y compris les décorations de Noël. On aurait dit qu'une énorme couverture s'étendait sur les rues. J'essayais de voir ce qu'il y avait autour de moi, mais je n'y arrivais plus. J'aurais tout aussi bien pu avoir les yeux fermés.

J'étais allongé sur un banc, en tout cas, je me souvenais de m'être assis après avoir marché sans me rendre compte où j'allais. J'avais dû me coucher sans m'en apercevoir. J'étais fatigué, mes paupières se fermaient et j'avais l'impression d'avoir le cerveau qui fondait. C'était une impression très étrange. Pas vraiment désagréable, en fait. Parce que je ne sentais plus rien d'autre. À part cette fatigue. Il n'y avait plus rien. Ni faim, ni soif, ni peur, rien.

Et puis, au bout de je ne sais combien de temps, j'ai entendu la flûte.

D'habitude, je déteste ça. Ma mère m'avait forcé à jouer de la flûte, soi-disant que ça allait me donner le goût de la musique. Ça remontait à plusieurs années, mais je ne l'avais pas oubliée, cette flûte. Il fallait souffler dans ce bâtonnet bizarre et mettre ses doigts sur les trous pour en sortir quelques sons aigus qui vous cassaient les oreilles. Quel intérêt, vu que personne ne réussissait jamais à produire la moindre note.

Mais là, c'était différent. Le joueur était sacrément bon, il faut avouer. Lui, il parvenait à faire de la musique à l'aide de cet instrument de torture. C'était doux mais rythmé, difficile à expliquer, ça donnait envie de se lever et de faire quelques pas, malgré la fatigue et la tête en compote.

C'est ce que j'ai fait, d'ailleurs. Je me suis levé du banc sur lequel j'étais couché et j'ai cherché à voir d'où venait cette musique. Il faisait soudain moins sombre, en tout cas il y avait une lueur un peu plus loin, sous les arbres au fond de la place. La musique et la lumière venaient du même endroit. Le joueur de flûte s'était certainement installé près d'un réverbère.

J'étais seul sur la place. J'ai marché vers la lumière. Il fallait absolument que je sache qui jouait ainsi. J'avais envie d'entendre cette musique, et puis de voir le musicien. Quelle tête il pouvait avoir, et ce qui lui avait donné l'idée de jouer en pleine nuit, dans une ville où les gens s'étaient endormis.

J'ai soudain eu l'impression de me trouver sur le chemin qui mène à Shangri-La. Ça ressemblait à l'idée que je m'en étais faite, depuis le temps que j'y pensais. Ça m'était venu il y a plus d'un an de ça, quand j'avais des problèmes avec un abruti, au collège. Il avait décidé de me pourrir la vie, et je ne savais plus très bien comment me sortir de là. J'aurais voulu faire disparaître ce type qui n'arrêtait pas de me chercher, mais je n'y étais pas arrivé, évidemment. Du coup, j'avais essayé de disparaître moi-même. De faire en sorte que ce type ne me trouve plus sur son chemin. J'avais alors découvert l'existence de Shangri-La, cette ville où le temps s'était arrêté. Ça faisait partie d'un jeu qui, en dehors de ça, n'avait pas beaucoup d'intérêt. Mais j'avais gardé l'idée en tête et, petit à petit, je m'étais rendu compte qu'il me suffisait de fermer les yeux pour me retrouver sur la route menant là-bas. Mes problèmes se dissipaient dès que je m'engageais sur ce chemin, une petite route poussiéreuse entre deux rangées d'arbres. J'oubliais aussitôt ce qui m'avait pris la tête, j'oubliais le type qui me pourrissait l'existence. Il n'existait plus, pendant que je marchais vers cette ville inconnue. Évidemment, tout ça revenait dès que je cessais de penser à cette ville mystérieuse. Ça ne durait qu'un moment. Mais je me disais que si jamais je réussissais enfin à l'atteindre ce serait fini à tout jamais. Mes problèmes disparaîtraient une fois pour toutes. D'un autre côté, je n'en étais pas aussi sûr, quelque chose me faisait penser que je me trompais et qu'entrer dans Shangri-La allait provoquer quelque chose de plus terrible encore. Raison pour laquelle j'avançais lentement sur la route qui menait à la ville. Tant que je restais sur ce chemin, rien ne pouvait m'arriver.

C'est pour ça que, cette nuit-là, dans les rues désertes de Bruxelles, j'ai cru reconnaître la route de Shangri-La. Le son de la flûte lui-même, c'était une musique que j'avais déjà entendue, en marchant à petits pas sur le chemin de terre, à l'ombre des arbres.

Mais plus j'avançais, et plus la musique s'éloignait. Le joueur de flûte s'en allait, sans doute déçu que personne ne l'écoute. Il fallait que je lui dise que je l'entendais, moi, et que j'aimais beaucoup ce qu'il jouait, que je l'aurais écouté toute la nuit. Mais je n'arrivais pas à le voir, au milieu de l'obscurité. Je me suis mis à marcher plus vite pour le rattraper, mais on aurait cru que, de son côté, il avait décidé de courir, parce que le son de la flûte diminuait sans cesse, au point qu'à un moment je ne l'ai plus entendu.

Je me suis arrêté, tournant mon regard de tous côtés pour tenter de deviner quelle direction il avait pu prendre. Dans le silence, il y a eu un très léger bruit. Comme si quelqu'un venait vers moi. Et puis ce bruit a augmenté, de plus en plus, il s'approchait sans que je comprenne pourquoi. Cela ressemblait à un oiseau qui bat des ailes, c'était léger et en même temps très sonore, difficile à expliquer. J'ai essayé de voir ce qui produisait ce bruit, sans y arriver. En baissant à nouveau les yeux, j'ai aperçu une forme allongée dans l'obscurité. J'ai hésité à marcher dans sa direction, même si j'avais bien envie de savoir de quoi il s'agissait. Mais en fait, j'avais déjà compris. C'était un corps qui était allongé là, emmitouflé dans ce qui ressemblait à une couverture. Sans m'en être rendu compte, je m'étais avancé vers cette silhouette. Je distinguais la forme de sa tête, cachée sous la couverture. Je me suis penché. J'ai écarté le bout de la couverture. Et j'ai vu son visage.

Une main s'est alors posée sur mon épaule, et je n'ai pas pu m'empêcher de sursauter.

Je me suis retourné, mais il n'y avait personne derrière moi. Une autre main m'a touché dans le dos. J'ai à nouveau fait un bond. Toujours personne. J'ai senti qu'on me prenait le bras et qu'on le secouait. Mais je n'arrivais pas à voir qui me tenait ainsi. Ces mains restaient invisibles. Est-ce qu'un fantôme avait décidé de s'en prendre à moi ? Quant au corps allongé devant moi, il avait disparu.

Soudain, un trou énorme s'ouvrit juste devant mes pieds, et il s'enfonçait si loin que je ne voyais même pas jusqu'où il allait. C'était noir, c'était horrible. J'ai senti que je me penchais vers l'avant, sans pouvoir me retenir, et je suis tombé dans le trou d'un seul coup.

# 16

– Qu'est-ce que tu fais par terre ? a dit une petite voix. Relève-toi, Arthur. Tu vas te salir.

J'ai ouvert les yeux. J'étais étendu sur le sol à côté du banc sur lequel je m'étais installé un peu plus tôt, et je remuais comme si j'essayais de me retenir pour ne pas dégringoler plus bas encore, ce qui n'était pas possible, vu que j'étais par terre, comme la voix venait de le dire. Sans doute que je m'étais allongé sans m'en rendre compte, et que je m'étais endormi. La flûte, le trou, tout ça, c'était dans mes rêves. À se demander d'où ça pouvait venir. J'avais trop la tête à Shangri-La, ça me donnait des idées bizarres.

Mais, plus étrange encore, il y avait quelqu'un sur le banc. C'était Lorraine, occupée à manger une gaufre recouverte de chantilly. Elle en avait partout autour de la bouche, et elle sortait la langue pour la lécher. Je me suis dit que j'étais toujours plongé dans un rêve, j'hallucinais, pas possible autrement. Je me suis relevé, et j'ai failli lui prendre le bras pour voir si c'était vraiment elle, ou un fantôme, qui venait d'apparaître dans le noir.

– T'as pas l'air bien, elle a dit. T'es malade, Arthur ?

Un fantôme n'aurait jamais parlé sur ce ton-là. Je me suis assis à côté d'elle, sans pouvoir m'empêcher de mettre la main sur sa jambe pour être sûr qu'elle n'allait pas disparaître.

– Qu'est-ce que tu fais là ?

– Je mange, elle a dit.

– Oui, ça se voit, merci. Mais comment c'est possible ?

Lorraine s'est arrêtée de manger. Elle faisait une mimique que je lui connaissais bien, les sourcils levés bien haut, comme si elle voyait un éléphant faire du vélo sans les mains et sans la trompe, un truc étonnant dans le genre.

– Comment c'est possible que je mange ? elle a demandé. Tu t'es cassé une partie du cerveau en tombant, Arthur ?

– Quand je t'ai perdue, tu marchais dans les couloirs comme un zombie et tu allais bientôt t'endormir. Comment t'as fait pour sortir de l'hôtel, Lorraine ? C'est ça que je voudrais savoir.

– Papa n'est pas là, elle a dit, comme si ça répondait à ma question.

J'étais en train de regarder l'état de mes vêtements. Le fait de m'affaler sur le sol ne les avait pas arrangés. En plus d'être trempés, mon jean et ma veste étaient maintenant pleins de terre. Je les ai frottés pour les nettoyer, sans y arriver vraiment. J'avais de plus en plus l'air d'un clochard.

– Je rêvais que j'étais à Shangri-La, j'ai dit en essayant de retenir les images que j'avais vues et qui étaient en train de disparaître.

Je me souvenais juste du trou dans lequel j'avais failli tomber. Et du son de la flûte. Tout ça n'était pas très agréable.

– C'est quoi, *Shangri-La* ? a demandé Lorraine.

– Une ville, j'ai dit. Une ville où le temps s'est arrêté.

– Et il y a des gens qui y habitent, Arthur ? Qu'est-ce qu'ils font ? Ils restent toute la journée sans bouger ?

– J'en sais rien. J'y suis jamais allé.

– Tu sais même pas à quoi elle ressemble ?

J'ai réfléchi un moment.

– Pas vraiment, non.

– Peut-être que c'est ici, alors, a dit Lorraine.

J'avais jamais pensé à ça. Et l'idée ne me plaisait pas beaucoup, je dois avouer. Elle m'énervait plutôt. Mais c'était pas la faute de Lorraine. Elle pouvait pas savoir. Elle était trop jeune pour comprendre. J'ai préféré ne pas insister. De toute manière, on avait d'autres problèmes à régler. Un, en particulier.

– Il va falloir qu'on le trouve, j'ai déclaré.

– Qui ça ?

– Ben, Jim. Pas le Père Noël.

– Il existe pas, a dit Lorraine.

– Jim ?

Elle a haussé les épaules.

– Peut-être qu'il a eu un accident, elle a ajouté. Qu'est-ce qu'on en sait ?

– Ou peut-être qu'il a oublié où on était. Il a oublié qu'il nous avait laissés dans une chambre d'hôtel.

– Qu'est-ce que tu veux dire ? Qu'il a perdu la mémoire ?

J'ai regardé Lorraine, et on a échangé un long regard.

– Qu'est-ce qu'on sait de lui ? j'ai fini par demander. Je n'ai pas l'impression de le connaître.

– Moi, il me fait rire, a dit Lorraine. Quand il imite les gens. J'aime bien.

– Et c'est tout ?

– Quoi ?

– Tu trouves que ça suffit ? Ton père, il te fait rire, et puis c'est bon comme ça ?

– Non, a dit Lorraine.

Après ça, le silence est de nouveau retombé entre nous. Je n'avais pas la moindre idée de ce qu'on allait pouvoir faire. On n'allait tout de même pas attendre des jours et des nuits, dans cette ville qu'on ne connaissait pas, sans argent, sans téléphone, sans rien, jusqu'à ce que Jim réapparaisse. Et s'il ne revenait pas ? Il faudrait qu'on trouve le moyen de rentrer à Paris. Appeler ma mère, aller à la police. Au bout de combien d'heures ? Demain matin ? S'il avait eu un accident, il avait peut-être été emmené à l'hôpital. Mais je n'y croyais pas, à cette histoire.

Lorraine continuait de grignoter en se léchant les lèvres.

– D'où t'as eu ça ? j'ai demandé en montrant le bout de gaufre qu'elle était en train d'engloutir.

– Je l'ai prise en sortant, elle a dit après avoir mâchonné. Il y en avait plein sur des assiettes, et personne pour me voir, alors voilà.

Elle a fait un geste de la main, comme si tout ça était très facile. J'en revenais pas.

– Et le gros rougeaud ? j'ai encore voulu savoir. Celui à l'entrée de l'hôtel. Il t'a pas couru après ?

– Je suis trop petite, a dit Lorraine. Et puis, je suis rapide.

Elle a agité les jambes pour me montrer. C'est vrai qu'elle était petite. Ses pieds ne touchaient même pas terre. Mais il valait mieux, sans doute. J'ai réfléchi à ça. Je m'étais inquiété pour elle, j'avais grimpé sur une échelle pourrie, on m'avait pris pour un voleur et, pendant ce temps-là, elle piquait une gaufre et puis elle ressortait tranquille de l'hôtel, sans se faire voir du gros type qui devait surveiller l'entrée. C'est à cause de choses comme ça que je la déteste, Lorraine. Je l'adore, mais à certains moments je peux pas me retenir de la détester.

– Pourquoi tu l'appelles pas ? elle a dit en s'essuyant les lèvres.

– Qui ?

– Ben, le Père Noël.

– Très drôle.

– Peut-être qu'il finira par répondre, a dit Lorraine. Si tu insistes. Essaie, Arthur. On verra bien.

– J'ai perdu mon téléphone, j'ai dit. Me demande pas comment.

– Ah ! C'est bête.

J'allais lui expliquer l'affaire, même si je venais de lui dire le contraire, parce que je tenais à ce qu'elle sache ce que j'avais fait pour la retrouver, elle. Un homme est alors apparu au coin de la rue, et il s'est avancé dans notre direction. Je me suis demandé ce que ce type avait en tête, et je l'ai donc regardé venir vers nous.

Il marchait bizarrement, un peu penché sur la droite, comme si tout son poids se trouvait de ce côté. Et quand il posait un pied devant lui, on aurait dit qu'il avait peur de tomber dans un trou, là, dans le noir. Peut-être qu'il faisait un cauchemar lui aussi. Peut-être qu'il cherchait la route de Shangri-La. Il marchait en dormant, si ça se trouve. C'était difficile à dire, parce qu'il portait des lunettes noires qui empêchaient de voir ses yeux.

# 17

J'ai reconnu le type à qui on avait parlé dans ce club, tout à l'heure. L'Archiduc. C'était bien lui, il n'y avait pas de doute. Il était toujours aussi pâle, peut-être un peu plus encore, et il semblait avoir perdu la moitié des cheveux qu'il s'était collés sur la tête, ce qui veut dire qu'il n'avait plus grand-chose sur le crâne. Il avait certainement continué à picoler des verres, appuyé au comptoir, face à Boris le barman. Ce qui n'avait pas arrangé son équilibre.

Il lui a fallu un sacré temps pour arriver jusqu'au banc, et puis, alors qu'il allait s'asseoir tout au bout, sa main a raté le bord et il a plongé en avant. Il s'est retrouvé par terre, dans la pluie froide, exactement là où j'étais tombé un peu plus tôt. Mais il y avait encore assez de boue pour salir un homme entier, pas de doute là-dessus.

– Aide-moi donc, Fred, il a dit en tendant un bras vers moi. Je crois que quelqu'un m'a fait un croche-pied.

– Je ne m'appelle pas Fred. Mais je veux bien vous aider.

– Personne vous a fait tomber, a dit Lorraine. Vous avez fait ça tout seul.

– Ah bon ? Tu es sûre ?

Il a regardé autour de lui, en tournant la tête d'un côté et de l'autre, cherchant le responsable, mais il a compris qu'il n'y avait que lui et nous dans les environs.

– C'est quoi, un croche-pied ? a demandé Lorraine. Un truc belge ?

J'avais réussi à le remettre plus ou moins debout. Il en a profité pour s'asseoir, sur le banc cette fois-ci. Il a jeté un regard en coin à Lorraine, et puis à moi, et il a remué la tête lentement, comme s'il n'arrivait pas à croire ce qu'il voyait.

– Je suis content de te voir, Fred, il a repris. Même si les circonstances sont un peu spéciales, je dois l'avouer.

– Je m'appelle Arthur, j'ai dit. Je suis le fils de Jim. Vous savez. Un vieux copain à vous.

– Oui, bien sûr, il a soupiré, même s'il n'avait pas l'air d'avoir compris ce que je venais de lui dire.

Il a soulevé ses lunettes noires pour me regarder plus attentivement. Et, pour la première fois, on a pu voir ses yeux. En fait, il y en avait un, le gauche, qui était bleu tout autour. Quelqu'un avait dû lui donner un coup de poing juste là, pas longtemps avant.

– Jim, hein ?

– Jean-Marie, j'ai ajouté. Stalner. Vous nous avez dit que vous le connaissiez. On s'est parlé, vous et moi, à L'Archiduc.

– Il va falloir que je te laisse, Fred, il a dit en se détournant. Parce que je suis déjà en retard, et Martine m'attend. Elle a décidé de fêter Noël trois jours à l'avance. Je sais que c'est spécial, mais quand elle a une idée en tête…

Il a alors voulu se mettre debout, mais tout ce qu'il a réussi à faire, c'est se soulever de quelques centimètres, avant de retomber sur le banc.

– Ouf. Je suis crevé, Fred. J'ai eu une sale journée, je ne te raconte pas.

– Je suis Arthur, j'ai dit. Pas Fred, mais il ne m'a pas entendu.

Ce type vivait visiblement dans un autre monde. Et, dans ce monde-là, je m'appelais Fred. Pourquoi pas.

Il tentait toujours de se relever, sans y arriver.

– Martine n'aime pas attendre, il a déclaré. Ça la rend nerveuse, et après ça, plus moyen de lui faire entendre raison. La dernière fois, elle m'a envoyé un cendrier à la tête.

– C'est pour ça que vous avez un œil tout noir? a demandé Lorraine.

– Non, non, il a dit. Ça, c'est parce que je me suis cogné à Alex. Il avait son coude comme ça, et… pfff.

Je me suis souvenu de ce nom. C'était pour rencontrer cet Alex que notre père était allé à ce rendez-vous, et qu'il n'était pas revenu.

– Vous savez où il est? je lui ai demandé.

– Il va falloir que j'y aille, il a dit. Parce que Martine va se mettre en pétard si je suis en retard pour sa fête de Noël.

Il était vraiment difficile d'avoir une conversation avec lui.

– Cet Alex, j'ai repris, vous pouvez nous dire où le trouver ?

– Hou là, il a fait. Ça ! Ça !

– Quoi ?

– Alex n'aime pas qu'on le dérange.

– J'imagine, a dit Lorraine.

Il a fait un rictus, en retroussant les narines, comme si une odeur bizarre venait de lui passer sous le nez.

– Stalner ? il a demandé. C'est ça, le nom que tu as dit ?

– Exact, a répondu ma sœur. Lui, c'est Arthur, et moi, Lorraine. Et vous, c'est quoi ?

– Leforestier, il a dit. Bob Leforestier. Comme le chanteur. Eh oui. Ça vous en bouche un coin, non ?

Il s'est mis à chanter un truc entre ses dents, une chanson qui le faisait ressembler à un éléphant qui pleure dans le noir.

– Qu'est-ce qui lui arrive ? m'a demandé Lorraine à voix basse. Je ne comprends rien à ce qu'il raconte, ce bonhomme. Et j'ai jamais entendu parler d'un Leforestier chanteur.

– Moi non plus, j'ai dit. Je pense que le gars est saoul, Lorraine. Beaucoup trop saoul. Il a dû boire toute la soirée. On arrivera à rien avec lui.

– C'est parce que j'étais forestier, dans le temps, a repris Bob, qui n'avait pas l'air d'avoir entendu ce qu'on venait de dire. Ce n'est pas mon vrai nom. Mais comme je coupais les arbres, on m'a appelé Leforestier, et puis voilà. Vous auriez dû voir comme je coupais les troncs. ZZZZZZ ! D'un seul coup. Bam. L'arbre était par terre en un clin d'œil. C'était fabuleux. ZZZZZZZim ! Bam !

Il agitait les mains devant lui. Il était occupé à couper des arbres dans sa tête, c'était sûr.

– Monsieur Leforestier ? a dit Lorraine.

Il s'est arrêté de couper les arbres imaginaires et a de nouveau remonté ses lunettes noires pour la regarder de son œil pas bleu foncé, et en soulevant sa paupière d'un demi-millimètre. L'autre œil restait fermé pour l'instant, trop amoché pour servir à quoi que ce soit, je pense.

– On est les enfants de Jim, elle a dit. Jim Stalner. Et on ne sait pas où il est, vous comprenez ?

Il a répondu d'un petit signe de la tête. Avant de pousser un long soupir, qui ressemblait à la chanson qu'il avait essayé de nous chanter.

– On est tout seuls, je lui ai expliqué. Si vous avez une idée de l'endroit où notre père est allé, il faut nous le dire, monsieur. Vous l'avez vu, tout à l'heure, à L'Archiduc ?

– Oui, a dit Bob Leforestier. Je l'ai vu. J'avais de l'argent pour lui, mais il n'en a pas voulu. Et maintenant, je sais plus quoi faire avec. En plus, c'est Martine qui me l'a donné.

Tout à coup, il était devenu sérieux. On ne comprenait pas grand-chose à ce qu'il racontait, mais ça avait l'air important. Il n'a plus rien ajouté, pendant au moins une minute, au point que j'ai cru qu'il s'était endormi.

Et puis, comme par miracle, il a enfin réussi à se mettre debout. J'ai pensé qu'il avait décidé de nous emmener voir Jim, mais je me suis vite rendu compte que je m'étais trompé.

– Martine ne va pas être contente si je suis en retard, il a dit sans se tourner vers nous. J'espère que tu me comprends, Fred. À un de ces quatre, mon vieux. Ça m'a fait plaisir de te revoir.

Il a titubé à côté du banc, et puis il s'est éloigné vers le bout de la place. Il ne nous aiderait jamais à retrouver Jim, c'était clair. Peut-être qu'il avait déjà oublié qui on était.

– Je crois qu'il a perdu un truc, a dit Lorraine.

Elle s'est penchée pour ramasser quelque chose à côté du banc. Dans la lueur jaune du réverbère le plus proche, on a pu voir de quoi il s'agissait.

C'était un gros portefeuille tout usé, et rempli de papiers. Lorraine l'a ouvert. En plus des papiers, il contenait un tas de billets de cinquante, au moins une vingtaine. Peut-être quarante. Une sacrée somme, en tout cas.

Le portefeuille avait dû glisser d'une des poches de son imperméable quand il s'était affalé dans la boue.

– On pourrait se payer une chambre à l'hôtel Atlas avec cet argent, j'ai dit. Le gros rougeaud serait obligé de nous la donner, ce coup-ci.

– Ah oui, a dit Lorraine. Et on pourrait acheter des billets de train pour rentrer à Paris demain matin, non ?

On s'est regardés, elle et moi. Mais ça n'a pas duré très longtemps.

Quand on s'est mis à courir pour rattraper Bob Leforestier, il n'avait pas encore eu le temps d'arriver au coin de la place.

# 18

Bob Leforestier, quand Lorraine lui a tendu le portefeuille qu'il venait de perdre, il a regardé ça sans un mot, à travers ses lunettes noires. On aurait dit qu'il ne comprenait pas de quoi il s'agissait, qu'il l'avait jamais vu, ce portefeuille rempli de billets de cinquante.

Lorraine et moi, on ne savait plus quoi faire. Peut-être qu'on s'était trompés, et qu'il n'était pas à lui. Que c'était quelqu'un d'autre qui l'avait laissé tomber à côté du banc, ce portefeuille.

Et puis, il a fini par le prendre. Il l'a ouvert, et il a regardé les billets.

– C'est pas de l'argent bien gagné, il a dit.

– Il est à vous, finalement ?

– Ouais. Plus ou moins.

– Comment vous avez fait pour l'avoir? a demandé Lorraine. Vous l'avez volé ou quoi ?

Elle n'hésite jamais à poser des questions. Elle se rend

pas compte qu'elle peut choquer les gens. C'est parce qu'elle est encore trop jeune. Elle se met pas dans la tête des autres, contrairement à moi. J'ai tendance à me mettre dans la tête des gens que je croise. Peut-être même trop. Je devrais arrêter, mais je n'y arrive pas.

Bob Leforestier n'a pas paru choqué de la question de Lorraine. Il continuait d'observer les billets, comme s'il était occupé à les compter.

– On pourrait croire que je l'ai volé, il a dit. En tout cas, j'ai menti.

– On n'a rien pris, j'ai dit. Vous pouvez être sûr qu'il n'en manque pas un seul.

– C'est pas ça, il a dit. De toute manière, je comptais le rendre à Martine, ce fric.

Je m'étais mis dans la tête de Bob, et je m'étais trompé, parce qu'il n'était pas occupé à compter les billets. D'ailleurs, la plupart du temps, je ne tombais pas juste, quand j'essayais de deviner ce que pensaient les gens. Peut-être que j'étais trop jeune, moi aussi.

–Vous pourriez nous remercier, a dit Lorraine. On aurait pu le garder, votre portefeuille.

– C'est vrai, a fait Bob Leforestier. Vous êtes gentils.

Ça l'a rendu tout triste, du coup. Il a soulevé ses lunettes et il s'est frotté les yeux. Sans doute qu'il avait oublié que son œil droit était amoché, parce qu'il a fait une drôle de moue en le touchant.

Je me suis dit qu'on pouvait tenter quelque chose, pendant qu'il était un peu attentif à ce qui se passait autour de lui.

– En échange, vous pourriez nous dire où trouver Jim, j'ai dit. Il était avec Alex tout à l'heure, d'après ce qu'on en sait.

– Je ne veux plus rien avoir à faire avec Alex ni avec Jim, il a dit. Qu'ils se débrouillent avec leurs histoires, j'en ai ma claque. D'ailleurs, il faut que je rentre.

– Pour ne pas faire attendre Martine, a dit Lorraine.

– Tout juste, a dit Bob Leforestier. Tu la connais ?

– Pas vraiment.

– Tiens, je me souviens, il a ajouté. En parlant de Stalner. Elle l'a bien connu, Martine.

– Elle aussi ?

– Elle tenait un café, pas loin. Il venait boire des coups le soir. C'était au Corbeau. Vous voyez où c'est ?

– Non, j'ai dit. On n'est pas d'ici, vous savez.

Et puis ça m'est revenu. Depuis qu'il avait cité le nom de sa Martine qui l'attendait et tout ça, je me disais bien que ça me rappelait quelque chose. Ça me titillait depuis un bon moment sans que j'arrive à mettre le doigt dessus. La conversation que j'avais entendue quand Jim m'avait appelé pendant qu'on l'attendait à l'hôtel Atlas, c'était de là que ça venait. Il parlait à cet Alex qui devait se trouver près de lui, et il avait dit à peu près : « Chez Martine, c'est ça ? OK, je viens avec toi », quelque chose du genre. J'avais l'impression que toutes les parties étaient en train de se mettre ensemble.

– Ça vous ennuierait qu'on vienne avec vous ? j'ai demandé.

– Où ça ?

– Chez Martine. On est dehors depuis tout à l'heure et, vu que notre père n'est pas là, on ne sait pas où aller.

– Ce n'est pas une bonne idée, a dit Bob.

– Pourquoi ?

Il a réfléchi, en remuant les lèvres. Quelque chose le chiffonnait dans cette histoire.

– Elle n'aime pas les enfants, a-t-il fini par déclarer.

– On compte pas se faire adopter, j'ai dit. Peut-être qu'elle saura où est Jim. Vous nous devez bien ça, non ? Vu qu'on vous a retrouvé votre portefeuille.

Il a encore hésité, avant de hausser les épaules. En langage Bob Leforestier, ça voulait dire : « Bon, d'accord, mais c'est bien parce que vous insistez. »

# 19

Je ne sais pas comment elle arrivait à balancer des cendriers à la tête des gens, sa Martine. Parce qu'elle avait pas l'air d'avoir beaucoup de force dans les bras, ni ailleurs.

On avait d'abord cru que Bob Leforestier s'était trompé en nous emmenant dans cette maison un peu délabrée et toute sombre. Avant ça, on avait traversé un quartier avec des cafés et des restaurants, encore remplis de gens qui avaient apparemment décidé de passer la nuit dehors. Je n'arrêtais pas de regarder à l'intérieur, en espérant voir Jim quelque part, mais ça ne donnait jamais rien. Bruxelles était plus grande que ce que j'avais imaginé, il faut dire.

Bob avait fini par s'arrêter devant une porte taguée de haut en bas. Il s'était mis à fouiller ses poches en marmonnant, avant de trouver des clés. Mais celle qu'il a glissée dans la serrure paraissait ne pas marcher, malgré ses efforts. Il la tournait et la retournait, sans arriver à quoi que ce soit.

Il se balançait sur ses jambes, et, à tout instant, j'avais l'impression qu'il allait basculer d'un côté pour s'affaler sur le trottoir. Je ne savais même pas s'il avait les yeux ouverts derrière ses lunettes noires.

Et puis la porte s'est ouverte d'un coup, et une voix a dit :

– C'est à cette heure-ci que tu arrives, Robert ? Tu m'avais promis de rentrer tôt pour la fête.

Lorraine et moi, on s'est regardés. Devant nous, dans l'entrée, il y avait une toute petite vieille dame, dans une chaise roulante. Elle était emmitouflée dans une grosse couverture et elle portait un bonnet rouge avec un pompon, enfoncé jusqu'aux yeux. D'après la tête qu'elle faisait, elle ne devait pas être très contente. Ou bien c'était sa tête habituelle, toute chiffonnée. C'est toujours difficile à dire, avec les personnes de cet âge-là. Question vieillesse, celle-ci en connaissait un bout.

– J'ai été retenu, maman, a dit Bob Leforestier.

– Toujours la même excuse, a dit la dame. Et en plus, tu ramènes des invités sans me prévenir ?

– De qui tu parles ?

Il s'est tourné vers nous et a eu un petit sursaut en nous découvrant à côté de lui. Ce type avait une mémoire de poisson rouge.

– Ça ? il a dit. C'est rien. C'est les enfants de Stalner.

– Oh ! C'est ce que tu appelles *rien* ? Et tu les amènes ici ?

– Ben oui, il a fait en haussant les épaules, comme s'il voulait montrer qu'il n'était pas responsable.

– Drôle d'idée, a déclaré la dame.

– C'est ce que je leur ai dit, maman. Mais ils ont insisté. Et puis voilà.

– C'est vous, Martine ? a demandé Lorraine.

– Exact.

– Je vous voyais plus jeune.

– J'ai déjà été plus jeune, a dit la dame en souriant, ce qui a créé encore plus de rides sur son visage. Et vous, vous êtes les enfants de Jean-Marie, si je comprends bien ?

– Oui, j'ai dit. Ça vous étonne ?

Elle nous a dévisagés des pieds à la tête.

– Je ne savais pas qu'il avait fait des enfants, elle a dit. Ce n'était peut-être pas très malin de sa part.

– Peut-être bien, a rétorqué Lorraine. Mais c'est trop tard.

– Tu as raison, a dit la dame. Excuse-moi, mon petit cœur, je n'aurais pas dû dire ça. C'est comment que vous vous appelez ?

– Lorraine et Arthur, j'ai dit.

– Vous le connaissez, notre père ? a demandé Lorraine.

– Il venait au Corbeau dans le temps, a dit Martine. Il mangeait des spaghettis bolognaise. Mais oh, ça remonte à pas mal d'années, tout ça. Je préfère ne pas compter.

– Il habitait là ? a demandé Lorraine.

– Où ça, là ?

– Ben, dans cette ville, quoi. Bruxelles.

– Mais oui.

– Il nous a jamais dit.

– Peut-être qu'il n'avait pas envie de vous parler de ça.

– Oui, sans doute.

Lorraine s'est tournée vers moi.

– Il faudra lui demander de nous raconter, Arthur.

– Si jamais on le revoit, j'ai dit.

La dame Martine a fait bouger son fauteuil pour se rapprocher. Je sentais son odeur flotter autour de nous, un parfum de bougie. J'étais entré dans une église, une fois, et c'était l'odeur que j'avais sentie. Je m'en souvenais encore. C'était fade et doux, pas vraiment désagréable.

– Il est où, votre papa ? elle m'a demandé.

– C'est ça, le problème. On n'en sait rien. C'est pour ça qu'on est venus.

– Parce que vous pensiez que Jean-Marie était ici ? Mais je ne l'ai pas vu depuis des années, moi. Je ne le reconnaîtrais pas si je le croisais. C'est toi qui leur as dit que je pouvais les aider, Robert ?

– Sans doute, il a fait, un peu gêné. Je ne sais plus, maman.

– Robert, tu as bu, a dit la dame.

– Mais non.

– Si, on a vu qu'il buvait, a dit Lorraine. Et il avait perdu son portefeuille.

– Ah ben, bravo, a dit Martine. Avec l'argent que je t'avais donné.

– Oh, ça va, il a marmonné. Ça peut arriver à tout le monde.

– Oui, mais à toi, ça arrive plus souvent qu'à n'importe qui.

– Je dois avoir un problème avec l'argent, maman. Ça doit être ça. Tu me connais, non ?

– Ça, c'est vrai, a dit la dame. Qu'est-ce que tu en as fait ? Pourquoi tu ne lui as pas donné comme je t'avais dit ?

– Il n'en a pas voulu, a dit Bob. J'ai insisté, je te jure, mais il n'a rien voulu entendre.

– C'est bon, on en reparlera plus tard, a dit Martine.

Après quoi, elle s'est tournée vers nous.

– Puisque vous êtes là, entrez donc, elle a dit. On ne va pas vous laisser à la porte par un temps pareil.

Il est vrai que la pluie s'était remise à tomber, et elle ressemblait plutôt à de la neige fondue. Le vent nous soufflait au visage des aiguilles glacées. La dame venait de nous dire qu'elle n'avait pas vu Jim depuis des millénaires, et ça ne servait sans doute à rien qu'on lui pose plus de questions. Elle ne pourrait pas nous donner de renseignements sur ce qui lui était arrivé. Mais, d'un autre côté, je n'avais aucune envie de retourner dans le froid à attendre le retour de notre père, assis sur un banc à proximité de l'hôtel. Si jamais il rentrait à l'Atlas sans nous trouver, il allait se demander ce qu'on était devenus, Lorraine et moi. Mais après tout, chacun son tour, il pouvait bien se faire un peu de souci pour nous.

On est donc entrés chez Martine, Lorraine et moi. Après un couloir sombre qu'on a suivi derrière la dame, on est arrivés dans une pièce qui devait être son salon. Les roues de sa chaise roulante faisaient un petit bruit sur le parquet, comme si on écrasait des souris. Bob poussait le fauteuil lentement, la tête baissée, l'air de s'être endormi une fois de plus. Ce type semblait capable de vivre une bonne partie de son existence en dormant.

Il y avait des bougies allumées un peu partout dans le salon, sur la grande table du milieu, et puis sur la cheminée, et tous les autres meubles. Ça avait dû lui prendre des heures, à Martine, pour allumer tout ça. Les flammes se sont mises à trembler quand on est entrés dans la pièce, et nos ombres à danser sur le sol et sur les murs. Ça donnait une drôle d'ambiance. On ne voyait pas ce qui se trouvait au fond, dans les coins obscurs. C'étaient ces bougies que j'avais senties, bien sûr. Dans le salon, l'odeur était si forte que ça piquait les narines.

On est restés debout près de la table, Lorraine et moi, à regarder tout ça.

– J'ai préparé du punch, a déclaré la dame Martine. Ça vous dirait, un petit verre de punch ? Ça va nous réchauffer, ça, non ? J'ai si froid que j'ai l'impression d'avoir de la glace dans les veines. Sers-nous, Robert, tu veux bien ?

Il a pris une grande carafe pleine d'un liquide rouge qui se trouvait sur la table. C'était difficile de voir ce que c'était, à cause de la lueur des bougies. Il a rempli quatre verres qui étaient rangés là, au bord de la table, comme si Martine avait prévu qu'on serait quatre et pas un de plus.

Lorraine a pris celui que Bob Leforestier lui tendait et elle a trempé ses lèvres dans le liquide.

– C'est un peu dégueu, elle a dit. Vous avez mis du citron là-dedans ?

– Oui.

– Je déteste ça.

– On s'habitue, à la longue, a dit Martine avant d'avaler son verre d'un coup.

J'ai pris le verre qu'elle m'avait servi et je l'ai avalé sans réfléchir, comme si je voulais que ça se termine le plus vite possible et qu'on puisse passer à autre chose. En reposant mon verre vide sur la table, j'ai aperçu un objet posé sur le dossier d'une chaise, dans l'ombre, derrière la table. C'était la casquette bizarre en forme de galette que Jim avait enfilée quand il était parti à son rendez-vous.

# 20

J'ai failli tendre la main pour prendre cette casquette, et puis je me suis retenu, parce que je ne tenais pas à attirer l'attention. D'un autre côté, je n'étais pas sûr et certain que c'était celle de Jim. Peut-être que quelqu'un d'autre avait décidé de porter une casquette toute pareille. Mais je n'y croyais pas. Je n'avais jamais croisé personne avec un truc aussi moche. Ça devait être un exemplaire unique.

Et donc, ça signifiait que Jim s'était trouvé dans ce salon décoré de bougies, le salon de Martine, et qu'elle venait de nous mentir en disant qu'elle ne l'avait pas vu depuis des années. Si elle avait tenu à nous mentir, ça cachait forcément quelque chose de louche.

Voilà pourquoi j'avais préféré ne pas attirer son attention. Mais je n'arrivais pas à détacher mon regard de cette fichue casquette, si bien que Martine a quand même fini par se douter de quelque chose.

– Tu veux un autre verre de punch, garçon ? elle m'a

demandé en montrant le verre que je venais de déposer sur la table.

– Il y a de l'alcool dedans ?

– Oh non ! Pas d'alcool.

Elle a jeté un regard à son fils, qui se tenait près de la table avec son verre à la main, comme s'il se demandait s'il allait avaler un truc pareil.

– J'ai juste mis une goutte de rhum. Pour le parfum. Vas-y. Bois encore un petit coup. On va faire la fête, les enfants, vous êtes d'accord ? C'est bientôt Noël, non ? Il faut s'amuser.

Elle a soulevé le bonnet qu'elle avait sur la tête.

Pourquoi est-ce qu'elle tenait tellement à ce que je boive son machin ? Est-ce qu'elle y avait ajouté un ingrédient spécial, pour nous empoisonner ? Je commençais à me poser de drôles de questions. Tout ça depuis que mes yeux étaient tombés sur la casquette de Jim.

Il fallait que j'en sache plus. Peut-être que je me trompais complètement en imaginant que mon père était passé dans cette pièce un peu plus tôt.

Mais je ne voyais pas comment faire parler la vieille dame. Je sentais qu'elle me tenait à l'œil, comme si elle s'attendait à ce que je commette une bêtise.

Je me suis rendu compte que plus personne ne disait rien depuis un bon moment. Bob Leforestier s'était assis dans un fauteuil et il ne bougeait pas plus que s'il était endormi. Sa mère faisait tourner son verre entre ses doigts, en se léchant les lèvres après l'avoir bu d'un seul coup. Quant à Lorraine, on aurait dit qu'elle était anesthésiée. Elle souriait en fermant doucement les yeux, comme si elle allait bientôt sombrer dans le sommeil, elle aussi. Est-ce qu'il y avait un somnifère dans ce satané punch ? Mais Martine en avait bu elle aussi, je l'avais vue. Enfin, c'était ce que j'avais cru. Parce que, en y repensant, tout ce que j'avais vu, c'était que son verre était vide. Et si elle l'avait jeté discrètement sous la table, pendant que je regardais ailleurs ?

J'ai pris la main de Lorraine pour la sortir de sa torpeur. Je craignais qu'elle ne s'effondre, assommée par la boisson qu'elle venait d'avaler.

– Excusez-moi, j'ai dit à la dame. Est-ce que vous pouvez me dire où sont les toilettes ? Ma sœur a besoin de faire pipi.

– Ah non, a dit Lorraine.

– Mais si. J'ai bien compris que tu n'osais pas demander.

Je lui faisais des yeux ronds en lui parlant, pour qu'elle pige la manœuvre, mais, vu l'état dans lequel elle était, j'avais peur qu'elle ne comprenne pas.

– Les W.-C. sont au fond du couloir, a dit Martine. Vous ne pouvez pas vous tromper. Il n'y a qu'une porte. Ne prenez pas l'escalier, ça descend à la cave, et il n'y a rien là-bas.

J'ai réussi à entraîner Lorraine hors du salon, et on a pris le chemin des toilettes. Il y avait un escalier sur la gauche, qui descendait sans doute vers la cave, et puis des cadres accrochés au mur, avec des photos de chien, un petit chien brun avec des poils ébouriffés partout. Il jouait avec une balle, il grimpait sur le fauteuil du salon, il regardait un os plus grand que lui.

J'ai senti la main de Lorraine qui remuait pour se dégager.

– Qu'est-ce qui t'arrive, Arthur ?

– Tu n'as pas vu ? j'ai dit à voix basse.

– Quoi ?

– Sur la chaise derrière moi. La casquette de Jim.

– T'es sûr ?

– Presque. Il est venu ici, j'ai dit. Peut-être qu'il est toujours là.

– Où il serait ? a demandé Lorraine. Et pourquoi elle nous a dit le contraire, la dame ?

– J'en sais rien. Ils ont dû l'enfermer dans une chambre. Ou bien à la cave. C'est pour ça qu'elle ne veut pas qu'on y aille.

– Mais qui aurait fait ça ? Martine ?!

Il est vrai que, coincée sur sa chaise roulante, elle ne pouvait pas faire grand-chose. Il fallait que je réfléchisse vite.

– Comment tu te sens, Lorraine ?

– Pourquoi ?

– Tu as bu ce machin, non ? Si c'est un somnifère, elle a pu en donner à Jim.

– Je comprends plus rien, a dit Lorraine.

Et puis on a entendu un bruit qui venait d'en bas, une sorte de gémissement, comme quelqu'un qui a trop mal à la tête pour appeler à l'aide, ou qui se réveille après avoir été assommé.

# 21

– C'est quoi, ça ? a demandé Lorraine.

– J'en sais rien. Tais-toi donc.

Ce gémissement m'avait donné la chair de poule, je ne savais pas pourquoi. J'avais l'impression de l'avoir déjà entendu, mais sans me souvenir exactement où et qui avait bien pu le pousser. Peut-être que c'était d'un de mes cauchemars que ça sortait. D'une certaine manière, ça me rassurait que Lorraine l'ait entendu elle aussi, ça me prouvait que c'était pas seulement dans ma tête.

– Ça vient de par là, elle a ajouté en montrant l'escalier qui descendait vers le sous-sol.

Je me demandais s'il fallait aller voir en bas de ces marches. Ce n'était pas normal, ce genre de plainte, quelque chose de bizarre était en train de se passer. D'un autre côté, je ne tenais pas vraiment à tomber sur un truc ignoble.

– Ça va, les enfants ? a demandé une voix depuis le salon. Vous les avez trouvées, les toilettes, oui ?

C'était la vieille Martine. On était restés trop longtemps dans le couloir à se demander que faire.

Avant qu'on ait pu lui répondre, il y a eu de nouveau du bruit venant d'en bas. Un cri qui s'est étouffé très vite, après quoi on a entendu un coup plus sourd, et puis quelqu'un s'est mis à parler, sans qu'on comprenne ce qui se disait.

– Il vaudrait mieux qu'on se tire d'ici, j'ai dit à voix basse à Lorraine. Tu crois pas ?

– J'ai un petit peu peur, Arthur, elle a fait en me prenant la main d'elle-même, cette fois-ci.

Comme je venais de le dire, on aurait mieux fait de quitter cette fichue baraque. Mais si c'était Jim qui était là ? Si c'était lui qui avait poussé ce gémissement ? Est-ce qu'il était blessé, ou malade, ou je ne sais quoi d'autre ? On ne pouvait pas s'en aller comme ça, Lorraine et moi, sans en être sûrs.

On se tenait juste au-dessus des marches qui s'enfonçaient dans l'obscurité, et mon regard plongeait dans le noir sans rien voir. Mais il y avait bien quelqu'un en bas, parce qu'on continuait d'entendre une voix qui parlait, sans qu'on saisisse le moindre mot.

– T'es trop con ! a soudain crié quelqu'un au pied de l'escalier.

Après quoi, une silhouette est apparue dans l'obscurité et s'est mise à grimper les marches en venant vers nous, avec un grognement pareil à celui d'un gros chien.

Il était trop tard pour filer. J'ai regardé le bout du couloir en direction de la porte d'entrée, mais, avant que je me décide à courir, la personne qui montait l'escalier était arrivée en haut des marches. C'était sans doute une espèce de monstre qui allait nous tomber dessus. On était pris au piège, Lorraine et moi. Elle me tenait toujours la main et je sentais ses doigts tout froids dans les miens. Je crois que je l'ai entendue pousser un petit gémissement. Ou alors c'était moi.

Mais ce n'est ni un monstre ni un chien qui est apparu. C'est un homme en costume noir avec une chemise blanche. On aurait dit qu'il sortait d'une cérémonie, du genre mariage. Il portait un de ces trucs autour du cou, une cravate à la mode des siècles passés, avec des petits bouts de tissu de chaque côté. Un nœud papillon, voilà comment ça s'appelait, je m'en suis souvenu tout à coup. Il a dû voir que je regardais ça, comme si j'étais hypnotisé par ces deux bouts de tissu.

– Ça te plaît ? il a demandé en resserrant le nœud pour le remettre en place. Ça en jette, non ?

Il souriait. Je n'ai pas réussi à ouvrir la bouche pour lui répondre. J'ai simplement remué la tête. J'avais l'impression de trembler même si j'essayais de me contrôler. Le fait d'avoir vu cet homme monter les marches en venant du sous-sol, avec les bruits qu'on avait entendus juste avant, ça m'avait flanqué une fichue trousse.

– Où est-ce que j'ai laissé mon chapeau ? a repris

l'homme en jetant des regards dans le couloir. Vous ne l'auriez pas vu, par hasard ?

– Tout ce que j'ai vu, c'est une casquette, j'ai dit. Par là, dans le salon.

– Une casquette ?

Il a fait une petite grimace.

– Non, non, pas de casquette. Un chapeau. Un beau chapeau, tu sais, comme les magiciens, quand ils font sortir des lapins de…

Il s'est arrêté pour se pencher vers moi. Il était plutôt grand, si bien qu'il a dû s'incliner pour que son visage soit à la hauteur du mien. Il n'avait qu'une tête de plus que moi, mais je ne sais pourquoi, j'ai eu l'impression qu'il prenait toute la place dans le couloir, pour nous empêcher de passer.

– Hé ! il a fait. Mais je t'avais pas vue, toi !

Sans que je m'en aperçoive, dans l'état où j'étais, Lorraine s'était réfugiée derrière moi et elle se faisait toute petite pour essayer de disparaître.

– T'es sacrément mignonne, a dit l'homme avec un sourire. Faut pas te cacher comme ça, ma jolie.

Il m'a fait un clin d'œil en coin, comme si on était entre nous et qu'il se permettait une légère blague. Il n'avait pas paru étonné de ce que j'avais dit concernant la casquette. Mais je préférais ça, en vérité. Je ne savais pas ce qui m'avait pris d'en parler devant lui, j'aurais mieux fait de me taire pour ne pas attirer ses soupçons.

– D'ailleurs, je suis un peu magicien, il a ajouté en se redressant. Parce que je sais qui vous êtes.

Il a pointé un doigt vers nous en plissant les yeux, l'air sérieux. Mais tout de suite après, il s'est mis à rire.

– Lorraine et Arthur, il a ajouté en donnant une tape sur le crâne de ma sœur puis sur le mien.

– Comment vous le savez ? a dit Lorraine.

–Vous avez parlé à Jim ? j'ai demandé. C'est ça ?

– Allez, venez, mes petits poulets, a dit l'homme en nous prenant par les épaules. On va faire la fête. C'est pas encore Noël, mais on va fêter ça quand même, pour faire plaisir à Martine.

Ces Belges n'arrêtaient pas de dire qu'ils allaient faire la fête, tout ça d'un air sinistre. J'aurais bien voulu le questionner sur ce qui s'était passé en bas pour qu'on entende ces bruits bizarres, mais je n'ai pas osé. Et puis, quelque chose qu'il venait de dire m'a frappé, une expression qu'il avait employée pour s'adresser à nous. Il avait dit « mes petits poulets ». C'était toujours ce que disait Jim quand il voulait qu'on fasse une chose, comme si on allait obéir plus facilement s'il nous parlait de cette manière. Ce type était la seule autre personne que j'avais jamais entendue utiliser cette expression-là. Est-ce que ça signifiait quelque chose, au bout du compte ? Est-ce qu'ils se connaissaient, Jim et lui ?

Avant que j'aie pu trouver la moindre réponse à ces questions, il nous a emmenés jusqu'au salon qu'on venait de quitter, Lorraine et moi, ses deux grosses pattes sur nous comme pour nous empêcher de fuir.

Quand on est entrés dans la pièce pleine de bougies, la vieille Martine s'est tournée vers nous et a soulevé son bonnet avec un grand sourire qui a plissé tout son visage.

– Ah ben, vous avez rencontré Alex ! elle a dit. Je suis contente. On va pouvoir commencer.

# 22

C'était donc Alex, ce grand type en costume avec son nœud papillon. Je l'avais déjà plus ou moins deviné, sans en être tout à fait sûr. C'était avec lui que Jim avait rendez-vous. Qu'est-ce qui avait bien pu lui arriver ? On aurait dû interroger Alex pour en savoir plus, mais je ne parvenais pas à me décider. On avait suivi Robert pour en apprendre davantage, et maintenant qu'on y était, quelque chose m'empêchait de poser la question. C'était sans doute après les bruits qu'on avait entendus en provenance de la cave. Chaque fois que j'y repensais, ça me donnait la chair de poule.

– Qu'est-ce que vous diriez d'un peu de musique ? a demandé la vieille dame. Il faut mettre de l'ambiance, non ?

– Je m'en occupe, Martine, a dit Alex en se dirigeant vers un meuble dans un coin sombre de la pièce. Bob, sers-moi un verre, tu veux bien ?

Robert, il n'avait rien dit depuis qu'on était revenus dans le salon, Lorraine et moi, en compagnie d'Alex. Je me souvenais de la grimace qu'il avait faite quand on lui avait parlé d'Alex. Il avait eu l'air terrorisé rien qu'à l'idée de le croiser. Et voilà qu'ils se trouvaient tous les deux dans la même pièce. Mais Robert ne bougeait pas, pareil à un lapin qui reste immobile après avoir entendu approcher un chasseur, en espérant passer inaperçu. Il se tenait à la chaise la plus proche, comme s'il avait peur de tomber à la renverse. On ne voyait toujours pas ses yeux derrière ses lunettes noires, mais j'avais l'impression qu'il fixait Alex de son seul œil valide. En tout cas, il n'a pas servi le verre que celui-ci lui avait demandé. Il n'a rien fait. Il était aussi pâle qu'une statue en pierre, une statue avec des lunettes de soleil.

À côté de moi, Lorraine me jetait des regards, se demandant ce qu'il fallait faire.

– On va vous laisser, j'ai dit tout à coup. On doit rentrer à l'hôtel, vous comprenez.

– Mais non, a dit Alex sans se retourner.

Il était occupé à régler une grosse radio posée sur le meuble dans l'ombre. Il a augmenté le son jusqu'à ce qu'on entende la musique. C'était une sorte de chanson de messe, avec plein de gens qui chantent en même temps, un truc qui passe dans les églises.

– L'*Ave Maria* ! a dit la vieille Martine. Ah, j'adore, qu'est-ce que c'est beau !

– C'est pas ça qui va mettre de l'ambiance, a dit Robert.

Alex lui a jeté un drôle de coup d'œil, et puis il s'est approché pour poser un bras sur ses épaules.

– Sacré Bob, il a dit en le secouant un peu. Toujours le mot pour rire, hein ?

Personne n'avait envie de rigoler. Encore moins depuis que la musique avait commencé. Robert avait raison, cette chanson, c'était mortel sinistre.

– Vous n'allez pas partir comme ça, a repris Alex.

Il était toujours tourné vers Robert, si bien qu'il m'a fallu un moment pour comprendre que c'était à moi qu'il parlait.

– Il est tard, j'ai dit.

– On va fêter Noël tous ensemble, même si c'est pas vraiment le bon jour, a dit Alex en lâchant Robert pour venir vers Lorraine et moi. Ne me dites pas que vous préférez rentrer tout seuls par un temps pareil.

– C'était quoi que vous faisiez, là en dessous ? a demandé Lorraine.

Alex a fait comme s'il n'avait pas entendu. Il faut dire que la musique était en train d'augmenter de volume, tous les chanteurs s'y étaient mis à fond, c'était la grosse fiesta et il était devenu difficile de se faire entendre.

– Là, a insisté Lorraine en montrant la direction de la cave. Qu'est-ce qui se passait ?

– C'est bon, j'ai dit en lui parlant à l'oreille. Arrête, tu vas l'énerver.

– Tu veux savoir ce que je faisais? a demandé Alex. Hein ? T'es bien sûre ?

– Ben… oui, a dit Lorraine d'une petite voix.

– Je chassais les fantômes, il a dit. Hou ! Houuu, le vilain fantôme ! On croit qu'ils ont disparu, et ils reviennent toujours. Houhououuu !

Et puis, en voyant notre tête, il a éclaté de rire.

# 23

Alex nous a pris par les épaules, comme il venait de le faire avec Robert, et il nous a secoués. C'était sûr qu'il aimait bien secouer les gens. Il n'avait pas l'air de se rendre compte de sa force. On se serait cru dans un manège, encore un peu et il nous mettait la tête en bas.

– Je rigole ! il a fait avec un nouveau grand sourire. Ce n'était pas un fantôme. Allez, venez vous asseoir à table, mes petits poulets, je suis sûr que Martine nous a préparé quelque chose à manger. Hein, Martine ?

– J'ai fait un gâteau, a dit la vieille.

– Ah, vous voyez. Un bon gâteau au chocolat. C'est ta spécialité, Martine, non ?

– Et je peux réchauffer des gaufres, si ça intéresse quelqu'un.

– Cette fois-ci, c'est la fête, a dit Robert, mais d'une voix si basse que je devais être le seul à l'avoir entendu.

Alex était en train de se servir un verre de la saleté de

boisson que Martine avait préparée. Il l'a avalé d'un coup, avant de le remplir à nouveau. Il semblait mort de soif.

–Vous avez bien connu Jim ? je lui ai demandé.

Il m'a regardé sans répondre. Il a plissé les yeux comme s'il était soudain ébloui par un éclat de lumière, et c'était pas la lueur des bougies. On aurait dit qu'elles s'éteignaient les unes après les autres. Il faisait de plus en plus noir, et les ombres donnaient l'impression de s'étendre un peu partout, sur les meubles et les visages.

– Il habitait Bruxelles, non ? j'ai ajouté. Quand il était jeune.

Je voulais le faire parler. J'étais sûr qu'il était au courant de certaines choses concernant mon père, de détails que je ne connaissais pas, d'épisodes qu'il ne nous avait jamais racontés. L'ambiance s'était un peu détendue depuis que la musique était moins lugubre, et j'en étais à me demander si je n'avais pas imaginé les bruits qu'on avait entendus tout à l'heure, en provenance du sous-sol. Il aurait fallu que je questionne Lorraine pour savoir si elle avait la même impression, mais je n'osais pas. Après tout, si cet Alex avait décidé d'égorger des poulets dans sa cave, c'était lui que ça regardait.

Des *poulets* ? Ce n'étaient pas des gémissements de poulets qu'on avait entendus, mais pourtant ce mot-là m'était venu en tête sans réfléchir. Des petits poulets. C'était nous, ça, non ? Voilà que d'un seul coup j'étais redevenu méfiant.

– On était amis, a dit Alex après avoir bu le verre qu'il venait de se resservir.

– Pourquoi *était* ? a demandé Lorraine. Vous l'êtes plus ?

Cette fois, c'est elle qu'il a regardée avec ses yeux plissés.

– Il m'a bien dit que vous étiez des petits futés, il a déclaré au bout d'un moment. Je voulais pas le croire, mais il avait raison.

– Vous lui avez parlé tout à l'heure, n'est-ce pas ? Vous n'avez pas une idée de ce qui lui est arrivé ?

– Il arrive toujours des choses à ce vieux Jim, il a dit. Il a le don pour se fourrer dans le pétrin. Pour ça, c'est sûr qu'il a pas changé.

Il a remué la tête, avant de se tourner vers la dame dans sa chaise roulante.

– Alors, ce gâteau, maman ? On le mange, oui ou non ?

– Oui, oui, oui. Ne sois pas toujours impatient comme ça.

Elle est sortie de la pièce en faisant chuinter les roues de son fauteuil. Il venait de l'appeler maman. Martine, elle était la mère de Bob et d'Alex, et eux, ils étaient frères, donc. Une sacrée famille, il n'y a pas à dire.

– Tu veux bien venir m'aider, Robert ? a demandé Martine.

Il lui a fallu un petit temps, à Robert, pour se décider à bouger, mais il a fini par suivre sa mère, qui était sans doute dans la cuisine.

C'est comme ça que Lorraine et moi on s'est retrouvés seuls avec Alex. Les deux autres, Robert et Martine, on aurait dit qu'ils préféraient ne pas rester dans le salon, comme s'ils avaient peur de ce qui pouvait s'y passer. Je les aurais bien rappelés pour qu'ils reviennent, mais, une fois de plus, je ne voulais pas attirer l'attention d'Alex.

Il venait de boire un troisième verre d'un coup sec, comme les deux premiers. J'ai eu l'impression que d'autres bougies s'étaient éteintes sans que je m'en rende compte, parce qu'il faisait si sombre à présent dans la pièce qu'on voyait à peine ce qui s'y trouvait.

– Il va repasser, a soudain dit Alex. C'est pour ça qu'il vaut mieux que vous l'attendiez bien au chaud. Il ne faudrait pas que vous alliez vous perdre dans les rues de Bruxelles par un temps pareil.

– Qui va repasser ? j'ai demandé.

– Ben, ton cher papa.

– C'est lui qui vous a dit ça ?

– Qui d'autre ?

– Vous lui avez donc parlé, j'avais raison.

– Je n'ai jamais dit le contraire, a fait Alex en haussant les épaules.

– C'est avec vous qu'il avait ce rendez-vous à L'Archiduc ?

– Tu en sais des choses, toi.

– Et il vous a suivi, j'ai ajouté. Vous l'avez emmené ici.

Il n'a rien répondu cette fois. Il a allongé le bras pour attraper la carafe et se servir un autre verre.

– On va tranquillement l'attendre en mangeant un bon morceau de gâteau, d'accord ? Allez, installez-vous à table.

– Jim est venu ici, n'est-ce pas ? C'est à lui, la casquette ?

– Quelle casquette ?

J'ai montré l'endroit où je l'avais aperçue, sur le dossier d'une des chaises, mais bizarrement elle ne s'y trouvait plus. Elle n'était pas sur le sol non plus. Elle avait disparu. Quelqu'un l'avait subtilisée, j'en étais certain. Une sorte de nœud venait de se former dans mon ventre, et je sentais qu'il grandissait tout en se resserrant. C'était une sensation pénible, mais, d'un autre côté, j'avais l'impression que ça me donnait la force de poser les questions qui me trottaient dans la tête depuis qu'on était arrivés.

– Martine nous a dit qu'elle n'avait plus vu Jim depuis des années, j'ai ajouté.

– Oh, a fait Alex. Écoute.

Il a saisi mon bras pour me forcer à me rapprocher de lui.

– Martine, elle perd un peu la boule, tu comprends ? C'est normal, vu l'âge qu'elle a.

Lui-même n'avait pas l'air de croire à ce qu'il racontait. Martine, elle ne paraissait pas folle. Elle était juste un peu étrange, avec son bonnet rouge enfoncé sur les yeux et son envie de fêter Noël avec trois jours d'avance. Ce n'est pas de cette manière qu'Alex allait s'en sortir.

– Il est en bas, non ? ai-je demandé.

– Pardon ? De qui tu parles ?

– Au sous-sol. C'est Jim qui était là avec vous.

Il s'est penché sur moi, au point de me cacher tout

le reste. J'ai senti son souffle chaud quand il a commencé à me parler à voix basse.

– Tu te mets des idées en tête, mon garçon. C'est bien d'avoir de l'imagination, mais il ne faut pas que ça aille trop loin, tu comprends ?

Je sentais sa main posée sur mon épaule, un poids énorme, comme un sac de sable qui m'obligeait à courber le dos pour le supporter. Il aurait suffi qu'il referme le bras pour m'écraser.

# 24

J'ai remué un peu pour me dégager de son étreinte, mais je n'y suis pas arrivé. Il me tenait sans trop forcer. J'avais l'impression d'être une souris entrée par hasard dans une grotte et qui venait de réveiller son occupant, un gros ours dérangé dans son sommeil. Je n'avais aucune idée de ce que je pouvais faire pour me tirer de là. Ce n'était pas Shangri-La qui allait me venir en aide. Jusqu'ici, quand j'avais un problème, je me contentais de fermer les yeux et de m'engager sur le chemin qui menait à la ville où le temps s'était arrêté. Mais là, ça ne pouvait me servir à rien de m'embarquer dans cette direction. Shangri-La, qu'elle existe ou pas, n'aurait pas changé grand-chose.

– T'es tout pâle, a dit Alex.

– Je ne me sens pas bien, j'ai dit. Il faudrait que j'aille prendre l'air.

– Tu as compris ce que je viens de te dire ?

– À quel sujet ?

– L'imagination, a dit Alex. C'est bien d'en avoir, mais parfois, elle t'emmène trop loin.

– Là où il vaut mieux ne pas aller ?

– Exactement. Je vois que tu as capté.

Il a relâché son étreinte et je me suis reculé, mais il continuait de garder les yeux sur moi comme s'il attendait de voir ma réaction pour décider de ce qu'il allait faire. Après quoi, il s'est levé et il est parti vers le fond du salon.

– Si je peux te donner un conseil, c'est de ne pas te montrer trop curieux, d'accord ?

Il était occupé à ouvrir une sorte d'armoire, l'air de chercher quelque chose sans vraiment savoir quoi. Lorsqu'il a de nouveau regardé dans ma direction, j'ai eu l'impression qu'il avait changé de tête, comme s'il venait d'enfiler un masque. Tout le bas de son visage avait disparu et je ne distinguais plus que ses yeux qui me fixaient, au point que j'en ai été gêné.

Je me suis détourné pour voir ce qu'était devenue Lorraine. Normalement, elle aurait dû se trouver à côté de moi. Mais elle n'y était plus. Peut-être était-elle allée s'asseoir quelque part – il y avait des fauteuils dans la pièce et également un canapé. Elle était restée devant la table pendant que je parlais à Alex, mais je me suis soudain rendu compte qu'elle n'avait plus rien dit depuis un bon moment, ce qui ne lui ressemblait pas.

Je l'ai cherchée du regard, mais il faisait vraiment sombre dans ce salon, de plus en plus à mesure que les bougies s'éteignaient. On aurait dit que quelqu'un s'était mis en tête de leur souffler dessus les unes après les autres. Dans quelques minutes, il ferait tout à fait noir dans cette pièce.

– Lorraine ? ai-je dit. Où tu es passée ?

J'ai eu l'impression de la voir près de l'entrée, mais on aurait dit qu'elle avait changé de taille. Quelque chose n'allait pas dans les proportions, elle était plus petite que d'habitude, mais sa tête semblait avoir grandi par rapport au reste de son corps. Quant aux murs, ils avaient l'air de se rapprocher de moi, comme s'ils cherchaient à m'étouffer. J'avais chaud, j'avais envie de me lever et de quitter cette pièce, mais mes jambes refusaient de bouger.

– Arthur ?

J'avais des difficultés à garder les yeux ouverts. J'aurais préféré m'allonger n'importe où, sur le sol à côté de la table, ou dans un coin, là où il n'y avait plus que de l'ombre. M'allonger et puis dormir. Où se trouvait donc Alex ? Je sentais sa présence à proximité, mais, j'avais beau tourner la tête de part et d'autre, je n'arrivais plus à le voir.

– Arthur ?

C'était la voix de Lorraine. Il fallait que je me décide. Une sorte de pellicule s'était enroulée autour de moi, comme si quelqu'un essayait de m'emballer dans une couverture. Si je ne réagissais pas immédiatement, j'allais disparaître et plus personne n'entendrait jamais parler de moi. Un instant, j'ai eu envie de me laisser aller. Après tout, c'était peut-être la meilleure façon de rejoindre Shangri-La.

Depuis que j'avais découvert son existence, c'était ce que je voulais. Pénétrer enfin dans cette ville où le temps s'était arrêté et où plus personne ne vous causait du tort. Où plus personne ne se préoccupait de votre sort. Où il n'arrivait jamais rien, ni en bien ni en mal. Je n'avais qu'à fermer les yeux une fois pour toutes, et je partirais aussitôt pour Shangri-La. Mes paupières étaient si lourdes que je n'arrivais plus à garder les yeux ouverts.

– Arthur !

Je me suis secoué, et j'ai senti que je me dégageais des liens qui avaient commencé à s'enrouler autour de moi. Ce n'était pas si dur, en fin de compte, il suffisait de le vouloir. Même mes jambes s'étaient remises à remuer. J'ai essayé de me lever.

– Ne bouge pas, a dit une voix toute proche, une voix douce mais forte à la fois. Tout va bien se passer. Il ne faut pas bouger, il faut rester tranquille. Rester sans bouger.

J'ai ouvert les yeux et j'ai vu le visage devant le mien, avec les yeux qui me fixaient, des yeux qui brillaient dans l'obscurité au point que je ne distinguais rien d'autre autour.

J'ai voulu repousser ce visage, mais quelque chose a retenu mon bras.

– Tu y es presque, a repris la voix de son ton très doux. Il n'y a plus qu'une petite minute à attendre et tout sera terminé une fois pour toutes. C'est bientôt fini. Tout est bientôt fini.

Cette voix semblait parler à l'intérieur de ma tête. J'avais l'impression de la connaître, de l'avoir toujours connue, c'était la voix de quelqu'un qui était auprès de moi depuis toujours.

– On est sur la route ? ai-je voulu savoir.

– Oui.

– La route de Shangri-La ? C'est ici ?

– Oui, c'est ici, a dit la voix. C'est bien ici.

Je me suis à nouveau assis. Il valait mieux que je ne bouge pas, la voix avait raison. Qu'est-ce qui pouvait m'arriver, après tout ? Je n'étais pas en danger tant que je restais immobile.

– C'est bon, a dit la voix. Laisse-toi faire.

J'ai senti les liens qui se resserraient autour de ma poitrine et j'ai commencé à avoir du mal à respirer.

# 25

Je me suis souvenu de Lorraine. C'est sans doute pour ça que je ne me suis pas endormi complètement. Elle m'avait appelé, il y avait de ça un petit moment, même si je ne savais plus quand ça s'était effectivement passé. Elle voulait que je la rejoigne quelque part, et c'était pour ça qu'elle avait répété mon nom. Et puis, les yeux d'Alex avaient plongé dans les miens et j'avais un peu perdu la notion du temps et de ce qui m'entourait. Comme si j'avais été hypnotisé. C'était la première fois que j'éprouvais une sensation aussi bizarre. J'étais éveillé alors que j'avais l'impression de rêver. Ou plutôt, de faire un cauchemar dont je ne parvenais pas à me sortir. Comme si j'avais perdu toute volonté. Je n'arrivais plus à réfléchir.

La seule idée qui me restait, c'était que je devais veiller sur ma sœur. J'étais l'ado, et elle, la petite fille. J'avais près de six ans de plus, et quand on était ensemble, elle et moi, j'avais la responsabilité de ce qui nous arrivait. Même si

Shangri-La était tout près, plus proche que jamais, je ne pouvais pas abandonner Lorraine sans savoir ce qui risquait de lui arriver.

Il aurait suffi que je ferme les yeux une fois pour toutes, et j'aurais enfin atteint la ville à laquelle je pensais depuis des mois et qui m'était restée inaccessible jusque-là.

Mais je ne l'ai pas fait.

Au lieu de ça, j'ai remué les bras et les jambes. Je ne savais plus si j'étais assis ou debout. Le fait est que ma main a cogné la table et que je me suis mis à trembler, comme Bob Leforestier l'avait fait tout à l'heure. Lui, c'était parce qu'il avait trop bu. Mais moi ? Pour quelle raison est-ce que j'avais perdu l'équilibre à ce point-là ? Peut-être que Martine m'avait fait avaler une sorte de poison sans que je m'en rende compte. Ou bien que je subissais un sortilège envoyé par un sorcier. Qu'est-ce que cet Alex avait déclaré, en remontant du sous-sol ? Qu'il était un peu magicien…

J'ai réussi à faire un pas pour m'éloigner sans m'affaler sur le sol.

– Ne bouge pas, a repris la voix venant d'un endroit étrange à l'intérieur de ma tête. Calme-toi. Tout va bien se passer. Ce sera bientôt fini. Chuuutttt…

Elle continuait encore et encore, et c'était pareil à de la boue qui se serait glissée dans mes oreilles pour m'empêcher de faire le moindre geste.

– Reviens par ici, ma jolie, a dit la voix. Tu n'as pas

envie de dormir comme ton frère ? Regarde comme il a l'air heureux. Viens t'asseoir près de lui. Allez, viens.

À qui parlait donc cette voix ?

– Arthur ! a crié Lorraine. Réveille-toi !

Elle était là, près de la porte, dans la lumière du couloir. J'apercevais sa silhouette, un peu floue, qui s'agitait pour attirer mon attention. Quant à moi, je me tenais contre la table, dans ce salon où toutes les bougies avaient fini par s'éteindre.

Je percevais une présence à mes côtés, j'entendais une respiration dans le silence de la pièce et je sentais également une odeur, une odeur de terre humide comme celle qu'on respire parfois quand on va se promener dans les bois après la pluie. Un parfum de bête sauvage.

– Tu es fatigué, non ? a dit la voix. Tu n'as jamais été aussi fatigué de toute ta vie. Il faut que tu te reposes, maintenant. Il faut que tu te laisses aller. Après ça, plus rien ne sera pareil, tu verras.

C'est mon bras qui a bougé, sans que je l'aie vraiment voulu. Il s'est tendu d'un seul coup, et ma main a repoussé la personne qui se tenait près de moi. Le reste de mon corps a suivi le mouvement. Je me suis détourné et je me suis mis à marcher en direction de la lumière, celle qui venait du couloir. Dans le cadre de la porte, je voyais Lorraine, qui devenait de plus en plus nette à mesure que j'approchais. Je marchais lentement, plus lentement qu'une vieille tortue, j'avais l'impression que je n'arriverais jamais à la rejoindre. Je devais faire des efforts pour mettre un pied devant l'autre, comme si mes baskets collaient au sol.

– Qu'est-ce qui t'arrive, Arthur ?

– Je ne sais pas.

– C'est toi le zombie, cette fois-ci, on dirait.

Elle avait raison. Je lui ai pris la main sans répondre, parce que je ne savais même pas de quelle manière expliquer ce qui venait de se passer. J'avais l'impression que mon sang recommençait à circuler dans mes veines, au point que je sentais des picotements au bout de mes doigts et dans les jambes. J'ai aspiré, comme si j'étais resté au fond de je ne sais quel océan, sans pouvoir respirer. Mes poumons ont recommencé à fonctionner, mais mon souffle était aussi court que si j'avais couru mille kilomètres.

On a rapidement pris la direction de la sortie, Lorraine et moi. Il fallait qu'on quitte cette maison au plus vite. Ce qui se passait là était trop bizarre et je ne tenais pas à revivre ce qui m'était arrivé dans ce salon obscur.

J'ai essayé de voir ce qu'était devenu Alex, mais on aurait dit qu'il avait disparu. En tout cas, il n'était pas derrière nous. Peut-être qu'il s'était endormi lui aussi.

C'est alors que la voix s'est à nouveau fait entendre, dans mon crâne.

– N'allez pas voir ce qu'il y a dans la cave, a-t-elle déclaré.

Il n'y avait personne derrière nous. La vieille Martine et

son fils Robert semblaient être partis eux aussi. Qui donc pouvait me parler ainsi ?

– Tu as entendu, Lorraine ?

– Quoi ?

– Ce que vient de dire la voix ?

– Quelle voix ?

– Tu n'as rien entendu ?

– Je pense que tu deviens fou, Arthur.

– Oui, je pense aussi.

Je me suis arrêté avant d'atteindre la porte. Et en lâchant Lorraine, je me suis tourné vers l'escalier qui se trouvait là, sur la droite, et descendait vers le sous-sol en disparaissant dans l'ombre.

## 26

J'ai posé le pied sur la première marche.

– Où tu vas, Arthur ? a demandé Lorraine.

– On ne peut pas s'en aller comme ça, j'ai dit.

– Tu crois qu'il est là ?

Elle n'a pas précisé de qui elle parlait, mais ce n'était pas nécessaire.

– Je n'en sais rien. La seule manière de le vérifier, c'est d'aller jeter un coup d'œil, non ?

Elle a réfléchi un instant, et puis elle a fait oui de la tête.

– Et si c'est pas lui ?

– On verra bien.

– Tu es très courageux, a dit Lorraine. Moi, j'ai trop peur.

– Tu fais quoi, alors ?

– Je crois que je vais t'attendre ici.

– D'accord. Si je ne suis pas remonté dans cinq minutes…

– Qu'est-ce que je fais ?

– Je ne sais pas.

– J'appelle au secours ?

– Oui, fais ça.

Elle a ouvert la bouche pour ajouter quelque chose, mais je n'ai pas entendu ce qu'elle disait.

Une sorte de souffle passait au-dessus de nous, un souffle chaud, presque brûlant. Une ombre a filé sur le sol à nos pieds. J'ai levé les yeux et, du coin de l'œil, j'ai aperçu la silhouette d'un grand oiseau noir qui volait sans un bruit. Il s'est engouffré dans l'escalier en me frôlant de si près que j'ai respiré son odeur. Elle était pareille à celle que j'avais sentie dans le salon, ce parfum de terre mouillée, un peu moisie et écœurante. L'oiseau a disparu si vite que je me suis demandé si je ne l'avais pas imaginé. Comment un animal d'une taille pareille aurait-il pu se déplacer dans ce couloir étroit et s'évanouir d'un seul coup dans cet escalier ? Sans doute que Lorraine avait raison, j'étais en train de perdre la tête. J'ai préféré ne pas lui demander si elle avait vu l'oiseau elle aussi. De toute manière, il était trop tard pour reculer.

Les marches de l'escalier tournaient à un certain endroit, et c'est pour cette raison qu'on ne voyait pas où il allait en le regardant du haut. Il faisait beaucoup plus sombre passé le tournant, et l'escalier avait l'air de s'enfoncer très loin, sans qu'on puisse deviner jusqu'où il descendait.

Je me suis tenu au mur pour ne pas tomber et j'ai fait attention de ne pas rater une marche.

J'ai fini par me retrouver devant une petite porte au pied de l'escalier. Une clé était restée dans la serrure. Je l'ai tournée et, sans hésiter, j'ai poussé la porte.

La pièce devant moi sentait la terre humide, une odeur pareille à celle que j'avais déjà sentie auparavant. J'ai cligné des paupières, mais il y avait si peu de lumière que je ne distinguais à peu près rien. J'avais l'impression de me trouver face à un gouffre qui s'ouvrait devant mes pieds. J'ai alors repensé au rêve que j'avais fait un peu plus tôt, allongé sur le banc près de l'hôtel. Est-ce qu'il est possible qu'on rêve de l'avenir ? Est-ce que j'avais rêvé ce qui était en train de m'arriver ? Dans ce cas, j'allais bientôt me trouver devant une silhouette emmitouflée dans une couverture, un corps allongé sur le sol et dont la tête restait cachée. J'ai frissonné. Parce que le visage que j'avais découvert dans mon rêve, à l'instant où je m'étais penché sur lui pour écarter un bout de la couverture, ce visage, c'était le mien.

Il fallait que je sache ce qu'il y avait dans cette cave. Même si je risquais de devenir fou en le découvrant.

J'ai donc fait un pas, puis un autre, dans les ténèbres les plus complètes. Ce n'était pas un gouffre, parce que je sentais sous mes pieds un sol de dalles à moitié cassées. J'ai continué d'avancer lentement, en tendant une main devant moi pour ne pas me cogner à un obstacle. Et puis j'ai entendu une sorte de gémissement métallique, quelque part sur ma gauche. Cela ressemblait au bruit d'un ressort qui se replie et se déplie. Je me suis arrêté et j'ai écouté, mais je n'ai plus rien entendu, excepté ma respiration dans le silence de la cave.

J'ai voulu dire : « Papa, tu es là ? » mais je n'en ai pas eu le temps, parce qu'une ombre plus noire que la nuit s'est jetée sur moi comme un chien enragé.

# 27

Je suis tombé sur le sol, en me cognant l'épaule contre un meuble que je n'avais pas vu, sans doute une armoire où on avait rangé des vieilleries. Tout s'est effondré dans un bruit de casseroles. Celui qui m'avait sauté dessus m'avait ceinturé et me serrait de plus en plus, comme s'il cherchait à m'étouffer.

J'ai voulu donner des coups de poing pour me dégager, mais je ne suis pas parvenu à m'écarter assez pour que mes mouvements me permettent de me défendre. Je n'y voyais rien, et je ne savais pas ce qui m'attaquait. Un animal ? Un fantôme ? Un être humain ? Je sentais deux bras qui m'encerclaient et m'empêchaient de me relever. Je sentais la forme d'un corps cramponné au mien. Nos jambes s'étaient entremêlées dans la bagarre. Aucune bête ni aucun spectre ne possédait un corps pareil. C'était un homme qui voulait me tuer.

Je me suis débattu autant que j'ai pu pour repousser

mon agresseur. On a roulé sur le sol, l'un contre l'autre. Ma poitrine était tellement comprimée que j'avais du mal à respirer. Je donnais des coups au hasard, si bien que j'ai fini par le toucher au visage, à plusieurs reprises. J'ai senti mon poing écraser un nez et une bouche, et mon agresseur a laissé échapper un cri de douleur.

C'est ainsi que j'ai reconnu sa voix.

Je me suis soudain laissé aller, sans force, sans envie de me battre ni de résister. Mes jambes se sont ramollies comme du coton et mes poings se sont ouverts. D'un seul coup, j'avais perdu toute mon énergie. L'autre s'en est rendu compte, et a porté ses mains à mon cou pour m'étrangler.

Ma tête s'était tournée vers son visage et, entre mes lèvres, dans un dernier souffle, j'ai murmuré un mot à moitié étouffé.

– Papa.

Les mains ont aussitôt lâché mon cou et son corps s'est écarté du mien. Il a touché mon visage du bout des doigts.

– Arthur ?

Dans le ton de sa voix, on sentait qu'il n'y croyait pas. J'ai voulu lui parler pour qu'il comprenne, mais ma voix avait disparu. Je me suis mis à tousser.

– Arthur ? a repris mon père. C'est toi ?

Je n'arrivais pas à répondre. Ses mains ont caressé mon visage, comme l'aurait fait un aveugle. Il faut dire que, dans l'obscurité de cette cave, nous étions comme deux aveugles, lui et moi. Il continuait de palper mes joues et mon front, et puis ma nuque et mes cheveux, et je sentais des larmes couler sans savoir d'où elles venaient.

Il m'a de nouveau serré dans ses bras, mais, cette fois, cela n'avait plus rien de désagréable. Nous étions allongés sur le sol, et mon père me tenait contre lui, et je l'entendais murmurer sans saisir ce qu'il disait, mais rien qu'à entendre sa voix j'étais soulagé de ce qui venait d'arriver.

J'ai compris que tout ce temps j'avais eu peur, une peur terrible de ne plus jamais le revoir, comme s'il avait disparu pour toujours, ou qu'il avait décidé d'ignorer mon existence une fois pour toutes. Une peur que je n'avais pas osé m'avouer, mais qui m'avait envahi depuis qu'il nous avait laissés, Lorraine et moi, dans cette chambre d'hôtel. Ou peut-être que c'était une peur qui remontait à plus loin encore. Une peur qui se cachait en moi depuis que j'éprouvais des sentiments.

Je me blottissais contre lui et j'étais agité de sanglots, j'essayais de ne pas pleurer, sans y arriver vraiment.

– Chut, a dit mon père. Calme-toi, Arthur. Tout va bien se passer. Je suis désolé. Je ne m'attendais pas à ce que tu débarques ici. J'ai cru que…

Il s'est arrêté, avant de soupirer.

– Qu'est-ce que tu fais là ? ai-je réussi à demander.

Je l'ai senti qui s'écartait un peu, comme si ma question le dérangeait.

– Où ça ?

– Ici. Dans cette cave.

– Ce serait trop long à t'expliquer.

– Alors, rien n'a changé ?

Il a pris ma tête dans ses mains. J'ai senti le froid de sa peau sur mes joues brûlantes et c'est ainsi que j'ai compris que je devais avoir la fièvre. Sans doute que j'étais malade et que c'était à cause de ça que j'avais entendu cette voix me parler et que j'avais vu ce grand oiseau noir voler sans bruit dans le couloir.

– Qu'est-ce que tu veux dire ? a demandé mon père.

– Je ne te connais pas, ai-je répondu sans réussir à mettre d'autres mots sur ce que j'éprouvais.

– Ça vaut peut-être mieux, a dit mon père au bout d'un moment.

Ma respiration était encore sifflante, mais j'avais arrêté de sangloter. Mon père a glissé un bras sous mes épaules et m'a relevé. On est restés assis l'un à côté de l'autre, sans rien ajouter de plus. Le sol était dur sous mes fesses, mais ce n'était pas insupportable. Je distinguais le cadre de la porte par laquelle j'étais entré dans cette cave. Un fin trait de lumière se dessinait sur les marches de l'escalier qui montait vers le couloir.

– Et Alex ? ai-je dit.

– Quoi ?

– Qu'est-ce qu'il te veut ?

– C'est un type bizarre, a dit mon père.

Sans le voir, j'ai compris qu'il avait haussé les épaules.

– Il est dangereux ?

– Parfois, oui. Comme beaucoup de gens. Surtout quand ils pensent qu'on est coupable.

– Coupable de quoi ?

– De ce qui leur est arrivé.

– C'est ce que tu as fait ?

– Hum… D'une certaine façon, oui. C'est ce qu'il s'imagine.

– Je voudrais savoir.

– Quoi ?

– Pourquoi il t'a enfermé ici.

– Oh ! Eh bien…

Il s'est arrêté parce qu'il n'arrivait pas à trouver la réponse à cette question.

– Il te veut du mal ?

– On en reparlera plus tard, d'accord ?

– Papa !

– Oui ?

– Pourquoi tu ne veux jamais rien me dire ?

– Parce que…

Il a poussé un nouveau soupir.

– Arthur, ce n'est pas le meilleur moment pour avoir une discussion pareille.

– Je retrouve mon père dans une cave, il a disparu toute la nuit, et je ne comprends pas ce qui a pu lui arriver.

J'avais parlé pour moi-même, c'est du moins ce que j'ai cru, mais j'avais dû m'exprimer à voix haute, assez fort en tout cas pour qu'il m'entende.

– Ça remonte à longtemps, Arthur. Tu n'étais pas né, je ne pensais pas avoir jamais d'enfants. Je vivais ici, à Bruxelles, j'étais jeune et mon meilleur ami…

– C'était Alex.

– Il y a eu un accident, a poursuivi mon père. Un incendie. Dans l'immeuble où on habitait, Alex et moi. On faisait la fête ce soir-là, quand il y a eu cet incendie. Une fille dormait dans l'appartement en dessous de chez nous. C'était… c'était une amie d'Alex. Elle a été brûlée. Emmenée à l'hôpital. Et puis… je suis parti. Une fois pour toutes. Je n'ai jamais remis les pieds à Bruxelles. Parce que.

Il s'est de nouveau interrompu, et j'ai compris qu'il n'en dirait pas plus si je ne posais pas d'autres questions.

Je n'ai pas insisté. Quelque chose d'autre me tracassait, un détail que j'avais perdu de vue. Plus qu'un détail, en réalité. Beaucoup plus qu'un simple détail. Ça m'a soudain frappé, comme si on venait de me donner un coup de marteau sur les doigts.

– Lorraine, ai-je dit en prenant le bras de mon père.

– Quoi ?

– Elle est dans la maison, papa. Elle est là-haut toute seule.

# 28

J'ai senti mon père se mettre aussitôt debout, plus que je ne l'ai vu, parce que, même si mes yeux s'étaient habitués à l'obscurité, je n'y voyais toujours à peu près rien, dans cette cave.

– Allons-y, a dit mon père. Tu me suis, Arthur ?

Je me suis levé en l'entendant prendre la direction de la sortie.

– Qu'est-ce qu'on va faire ?

– On récupère Lorraine et on rentre à l'hôtel.

– Il va être d'accord, Alex ?

Mon père n'a pas répondu. Dans la faible lueur qui tombait du rez-de-chaussée, je l'ai vu qui me jetait un regard par-dessus son épaule. Il a voulu me dire quelque chose et puis il s'est ravisé et s'est mis à grimper l'escalier.

Il s'est tenu au mur pour monter, comme je l'avais fait en descendant. Est-ce qu'il avait peur de perdre l'équilibre, lui aussi ? Je me suis demandé s'il avait bu. Peut-être était-il saoul, après avoir passé la soirée à boire avec Bob, et puis avec Alex.

Je me tenais juste derrière lui et j'avais peur qu'il ne tombe en arrière parce qu'il titubait en escaladant les marches. On a fini par atteindre le couloir. Lorraine ne s'y trouvait pas. On a échangé un regard, mon père et moi.

– Comment vous avez fait pour arriver jusqu'ici ?

– On a suivi Bob, j'ai dit.

–Vous devriez être en train de dormir à l'hôtel.

– On est sortis prendre l'air.

– Ah oui, je comprends.

Je suis certain qu'il ne comprenait pas du tout, mais il n'a plus posé de questions.

On entendait de la musique en provenance du salon, et puis la voix de quelqu'un qui parlait.

– Lorraine ? a dit mon père. Où es-tu ?

– Elle est ici, a répondu la voix au bout d'un moment.

On est entrés dans la pièce.

Quelques-unes des bougies avaient été rallumées, et, dans leur lueur tremblotante et jaune, j'ai vu ma sœur assise sur un des fauteuils qu'il y avait là. Elle m'a vu elle aussi, et elle a souri.

– Il fait des tours de magie, a-t-elle dit.

À côté d'elle se trouvait Alex. Il avait retrouvé son chapeau et il tenait un foulard dans les mains, un foulard sous lequel on voyait s'agiter une chose invisible.

– C'est bon, a dit mon père. Tu peux arrêter ton cinéma, Alex, maintenant.

– Tu vas mieux ?

– Je n'ai jamais été mal.

– Tu ne tenais plus debout, a dit Alex. C'est pour ça que je suis allé t'allonger en bas. Mais apparemment, tu ne t'en souviens pas.

– Tu as toujours eu du talent pour réécrire l'histoire, Alex, a dit mon père. Tu n'es pas allé m'allonger, tu m'as enfermé dans cette cave pourrie. C'est un peu différent.

– Tu as failli foutre le feu à la maison. C'est aussi pour ça que j'ai préféré t'emmener en bas.

– N'importe quoi. Pourquoi est-ce que j'aurais voulu mettre le feu ?

– Je n'en sais rien, Jim. Pour faire la fête, sans doute. Moi, je réécris l'histoire, et toi, tu veux toujours faire la fête. La dernière fois, ça s'est terminé à l'hôpital, tu te souviens ? C'était très drôle, d'ailleurs.

– Ça remonte à près de vingt ans, cette affaire, a dit mon père. Tu vas nous la resservir combien de fois encore ?

– Jusqu'à ce que tu acceptes de reconnaître tes torts, Jim.

– Mes torts ? On est tous responsables de ce qui s'est passé.

– Ah oui ? Pourquoi est-ce que tu as disparu du jour au lendemain, alors ? Hein ? Tu as eu peur de quoi ? Qu'on t'accuse d'avoir incendié l'appartement avec tes conneries ?

– Je suis allé chercher du secours.

– Tu en as mis du temps. Tu cherches toujours, on dirait.

Mon père s'est passé une main dans la nuque. Un geste que je ne lui avais jamais vu faire jusqu'ici. Il devait avoir mal à la tête.

– Je me suis évanoui dans la rue, a-t-il fini par déclarer.

– Pauvre petit, a dit Alex. Et après ?

– Il n'y avait plus personne, à part les pompiers qui avaient éteint l'incendie.

– Disparus, a dit Alex. On avait tous disparu. Par un coup de magie !

Il s'est mis à rire, avant de soulever le foulard qu'il tenait toujours à la main. En dessous, on a vu ce qui avait continué de remuer pendant qu'il parlait. C'était un oiseau tout blanc, un genre de perroquet mais en plus petit. Il a secoué ses plumes pour les remettre en place d'un air indigné, visiblement fâché d'être resté trop longtemps caché sous ce foulard.

Alex a tendu le bras et l'oiseau s'est posé sur la tête de Lorraine, en s'agrippant à ses cheveux. Ma sœur est restée immobile, avec une petite grimace.

– De quoi d'autre est-ce que tu ne te souviens pas ? a dit Alex. L'épisode avec le fric, tu t'en souviens ? Ça remonte à plusieurs années aussi, mais j'espère que tu n'as pas oublié ça. L'argent que tu as donné à Bob pour qu'il n'aille pas raconter partout ce qui s'était passé. Mais on ne peut pas compter sur ce sacré Bob, Jim. Surtout quand il boit un peu plus que d'habitude. Parce que, là, il se met à parler. Il croit qu'il parle tout seul, mais on l'entend. Moi, je l'ai l'entendu, en tout cas. Et Martine l'a entendu, elle aussi. Je l'ai même entendu dire qu'il voulait te rembourser. Tu te rends compte ? Au bout de toutes ces années. Te rembourser pour le mensonge que tu lui avais acheté. Mais il ne savait pas où t'étais passé. Personne ne savait.

Mon père n'a plus rien dit. Ils sont restés à se regarder, sans un mot, comme s'ils se retrouvaient près de vingt ans en arrière, et qu'il était l'heure de régler des comptes pour ce qui s'était passé à cette époque-là.

– Content de t'avoir revu, Alex, a alors dit mon père. Mais il commence à se faire tard, et il faudrait qu'on dorme un peu avant de rentrer chez nous.

– Vous n'allez pas partir comme ça, a dit Alex.

– Tout le monde est fatigué. Ça peut se comprendre, non ? La soirée a été longue.

– Mais on a encore tellement de choses à se dire, Jim. Moi aussi, ça m'a fait plaisir de te revoir. Ça me rappelle les souvenirs de notre bonne époque. Rappelle-toi. On faisait tellement de choses ensemble, toi et moi et Bob.

– Sans doute. Mais rien ne dit qu'on ne se reverra plus. Je compte bien revenir faire un tour à Bruxelles un de ces quatre.

Il a mis la main sur mon épaule.

– Allez, on y va, les enfants.

–Vous n'allez pas partir comme ça, a répété Alex, sur un ton différent, cette fois.

L'oiseau blanc s'est envolé dans la pièce à l'instant où Alex attrapait le bras de Lorraine pour l'attirer contre lui.

## 29

Mon père s'est avancé vers eux.

– Viens par ici, Lorraine, a-t-il dit en tendant la main.

– Elle a envie de voir d'autres tours de magie, a dit Alex. Hein, mon petit poulet ? Tu aimes bien la magie, non ?

Lorraine n'a pas répondu. Elle paraissait minuscule à côté de lui. Il aurait pu la soulever avec deux doigts et la glisser dans la poche de sa veste.

– Tu ne vas tout de même pas menacer mes enfants ? a dit mon père.

Sa voix était grave, plus grave que je ne l'avais jamais entendue.

– Menacer ? a dit Alex. Oh oh. Qui est-ce qui parle de menacer ? Je ne menace personne, Jim.

– Laisse ma fille, alors. On va en rester là pour aujourd'hui.

– Ce serait dommage. C'est justement la période des

fêtes. Tu aimes toujours faire la fête, Jim, non ? Montre-nous comment tu fais pour mettre de l'ambiance. Tout feu tout flamme.

– Ce n'est pas drôle, a dit mon père.

Il a voulu prendre la main de Lorraine, mais Alex s'est détourné et a fait un pas sur le côté en entraînant ma sœur. Lorraine a levé les yeux, et elle a sursauté en faisant une mimique bizarre, comme si elle venait d'être piquée par une guêpe.

– Laisse-la, a repris mon père. Je ne vais pas le répéter.

– Tu l'as déjà répété, a dit Alex en souriant, et ça n'a servi à rien, alors, trouve autre chose. Je ne sais pas, moi, c'est toi le boute-en-train. Tu trouves toujours la manière de détendre l'atmosphère. C'est ta réputation, Jim. Tu fais rire les filles. Elles te tombent toutes cuites dans les bras.

– Si tu crois que c'est comique, c'est raté, a dit mon père.

– Tout le monde n'a pas ton humour.

– Je n'aurais jamais dû revenir. Si j'avais su que tu m'en voulais encore à ce point-là. Je ne sais pas ce qui m'a pris. Il faut toujours que je fasse les choses qu'il ne faut pas. Je croyais… je croyais qu'on avait tiré un trait sur tout ça.

– On n'a jamais pu s'expliquer, a dit Alex.

– Expliquer quoi ? Ça s'est passé il y a si longtemps.

– N'empêche que je m'en souviens comme si c'était hier.

– C'était un accident, combien de fois je devrai te le dire ? Personne n'est responsable de ça, a ajouté mon père.

– Elle n'a plus jamais voulu entendre parler de moi après ça, a dit Alex.

– Je suis désolé, a fait mon père à voix basse.

– Elle a cru que c'était ma faute, que c'était moi le responsable de cet incendie. Tu te rends compte ? Alors que c'était toi.

– Personne n'est responsable, a dit mon père.

– Ah. Ce serait trop facile. Il faut toujours que quelqu'un paie, Jim. Et ce n'est jamais toi. Moi, j'ai payé, t'entends ? Le prix fort, Jim, le prix fort. Tout le monde a cru que c'était moi qui avais allumé ces pétards de merde. Ça m'a poursuivi pendant des années, ça n'a pas arrêté de me poursuivre. Et tu voudrais que j'oublie ? Tu voudrais que je tire un trait sur tout ça ?

– Je ne savais pas, a dit mon père. Je…

– Ta gueule, Jim ! Tais ta grande gueule, pour une fois, OK ?

Il avait pris le chemin du couloir, mine de rien, en tenant toujours Lorraine contre lui. Elle n'avait pas la moindre chance de lui échapper, je le savais bien. J'avais eu l'occasion de sentir sa force quand il m'avait secoué.

– Qu'est-ce que tu comptes faire ? a demandé mon père.

Il s'était mis à élever la voix, mais ça n'a pas impressionné Alex.

– Tu comptes kidnapper ma fille, c'est ça ? Et puis ? Tu vas te venger sur elle ? Parce que tu n'as pas réussi à te venger sur moi ?

– Je n'ai pas encore décidé de la suite, a dit Alex.

Ils sont arrivés dans le couloir, et Alex a regardé l'escalier qui descendait vers la cave.

– Papa ! a crié Lorraine.

– Ne t'en fais pas, a dit mon père. Il ne va rien t'arriver.

Je n'en étais pas aussi sûr que lui, parce que Alex semblait décidé, cette fois-ci. À emmener ma sœur au sous-sol, d'après ce qu'on pouvait voir.

Je ne sais pas ce qu'il avait vraiment en tête, mais ce n'était pas rassurant du tout. Lorraine commençait à gesticuler pour se dégager, mais il était clair qu'elle n'y arriverait pas toute seule. Peut-être que si on se jetait sur lui, mon père et moi, on parviendrait à la libérer, mais il paraissait vraiment costaud. Même à deux, on ne réussirait peut-être pas à le maîtriser.

– Assez rigolé, a dit mon père.

– Personne n'a rigolé depuis un bon bout de temps, a fait Alex, et c'était vrai aussi.

– Tu veux que j'appelle la police ?

– Bonne idée. J'ai des trucs à leur dire à ton sujet, Jim. Je suis sûr que ça peut les intéresser. Même si ça remonte à longtemps. Ils aiment bien les vieilles histoires, les flics.

Mon père n'a rien dit, une fois de plus.

– Qu'est-ce que tu veux ? a-t-il demandé. Lâche ma fille et je ferai ce que tu voudras.

– Ce que je veux ? Ah oui. Ce que je voudrais, c'est que tu ressentes ce que moi j'ai ressenti, Jim.

– Quand ?

– Quand j'ai cru que j'étais le responsable, comme tu dis. Quand j'ai cru que c'était à cause de moi qu'il avait eu lieu, cet accident dont tu parles. L'incendie. Parce que tu n'étais même plus là pour t'expliquer. Tout un temps, j'ai pensé que tu étais mort, Jim. Tu te rends compte ? Si tu étais resté, on aurait pu parler de tout ça. Mais tu avais disparu. Pfft ! Encore de la magie. Impossible de te retrouver. J'ai essayé, pourtant. Et voilà que tu débarques et que tu crois qu'on va tirer un trait là-dessus et tout oublier. Je ne peux pas oublier, Jim. Et je vais faire en sorte que tu n'oublies jamais, toi non plus. Tu m'entends ?

Je fixais tellement mes yeux sur Lorraine, minuscule dans les bras de ce géant, que j'avais l'impression que tout autour la lumière s'était éteinte dans le couloir où on se trouvait. J'aurais voulu la tirer de là par la seule force de mon regard, mais je n'étais pas magicien, moi, et ça n'a donc pas marché. C'est pour ça que je n'ai pas vu ce qui se passait. J'ai juste aperçu une silhouette à moitié cachée derrière la carrure d'Alex, après quoi, quelqu'un a poussé un cri.

Et puis Alex s'est mis à gigoter en poussant un nouveau cri. C'était lui qui avait hurlé. Il a enfin lâché Lorraine pour se frotter le cou et le dos, comme s'il voulait se débarrasser d'une chose qui lui avait sauté dessus.

Tout arrivait en même temps, et j'ai compris qu'il fallait réagir le plus vite possible.

Lorraine est allée se jeter dans les bras de mon père dès qu'elle a senti qu'Alex ne la tenait plus. Jim l'a prise dans ses bras, pendant que je courais vers le fond du couloir pour ouvrir la porte. L'espace d'un instant, j'ai aperçu Bob qui se tenait près d'Alex. C'était une scène étrange, peut-être la scène la plus étrange à laquelle on avait eu droit depuis qu'on était à Bruxelles. Bob avait une casserole fumante dans les mains et il avait l'air désolé de ce qui venait d'avoir lieu, comme d'habitude. Il a soulevé ses lunettes noires pour regarder Alex qui continuait de remuer à ses pieds, après s'être agenouillé.

– Qu'est-ce que tu m'as fait ? il a crié. Je suis tout brûlé, là !

– J'ai renversé la casserole, a dit Bob. Je ne sais pas ce qui m'est arrivé. Je la tenais bien, et puis… je sais pas… Tu m'as cogné, non ? C'est pour ça…

– Je t'ai pas cogné, espèce d'abruti. C'est toi qui m'as versé cette eau bouillante dans le cou !

– C'est un accident, a dit Bob de son ton traînant. Je te jure, Alex. Je suis maladroit, des fois.

Je n'ai pas entendu la suite. On était dans la rue, mon père qui portait Lorraine et puis moi. On a couru tous les deux, on a traversé une place où il n'y avait personne à cette heure de la nuit. Il s'était de nouveau mis à pleuvoir, mais je m'en foutais, et je crois que mon père s'en foutait aussi.

# 30

Le car a fait ronfler son moteur pendant une bonne demi-heure avant de démarrer. Je me demandais si on allait jamais partir. Il s'était mis à neiger, et le chauffeur activait ses essuie-glaces de temps à autre pour dégager le pare-brise. Je n'arrivais pas à rester en place, je me penchais pour jeter un coup d'œil au-dehors, je me rasseyais à côté de Lorraine qui dormait, je me redressais sur mon siège dès que quelqu'un montait dans le car et, à chaque fois, je regardais mon père, assis de l'autre côté du couloir entre les deux rangées. Et, à chaque fois, nos regards se croisaient et j'attendais qu'il se mette à parler. Mais il détournait les yeux après m'avoir adressé un petit sourire et il ne disait rien.

On avait passé la nuit à l'hôtel Atlas, même si on ne pouvait pas vraiment qualifier ça de nuit. On était rentrés alors que la nuit se terminait, on était une fois de plus trempés par la pluie, et on avait mouillé le hall d'entrée, comme de vieux chiens qui se secouent pour se sécher.

Et puis, j'avais récupéré mon téléphone. Quelqu'un l'avait trouvé dans la cour derrière l'immeuble, et l'avait rapporté à l'accueil. L'écran était fendu sur un côté, sans doute qu'il était tombé de ma poche quand j'avais dévalé l'échelle de secours. Ce n'était pas Daoud qui me l'avait volé, en fin de compte. Encore une chose sur laquelle je m'étais trompé.

Le gros rougeaud n'était plus derrière le comptoir, et je n'avais donc pas pu lui faire ravaler sa face en lui prouvant que j'étais bien dans la chambre 63 ainsi que je l'avais dit. Qu'il s'était salement trompé en me jetant dehors comme un malpropre. Il m'aurait présenté des excuses. Il aurait rougi encore plus. Il aurait bafouillé. J'avais imaginé toute la scène. Mais, à vrai dire, je m'en moquais, que ce gros bonhomme s'étouffe en s'excusant. Je me moquais un peu de tout. À part que je me demandais si Alex n'allait pas se lancer à nos trousses pour se venger, comme il l'avait dit. Il avait une raison de plus de se venger désormais. Puisque c'était à cause de nous que son frère l'avait aspergé d'eau bouillante. Personne n'avait cru que c'était arrivé par accident, comme Bob l'avait prétendu. C'était ce qu'il avait trouvé pour obliger Alex à lâcher Lorraine.

Mais mon père m'avait dit qu'Alex n'avait aucune idée de l'endroit où on logeait. J'essayais de me rappeler si j'avais parlé de l'hôtel Atlas, au cours de la soirée ou pendant la nuit. Je n'arrivais pas à me souvenir. On aurait dit que ma tête avait été envahie par un énorme courant d'air, un genre de tornade qui avait tout balayé. Il ne me restait que quelques images de tout ce qui s'était produit depuis qu'on avait débarqué à Bruxelles. Bizarrement, ce qui demeurait de plus net dans ma mémoire, c'était la casquette de mon père posée sur une chaise chez la vieille Martine. Peut-être que, si je ne l'avais pas aperçue, rien ne se serait passé. Peut-être que, si on n'avait pas suivi Bob Leforestier chez lui, rien ne serait arrivé. Peut-être que, si mon père n'avait pas voulu revoir Alex en revenant à Bruxelles, rien de grave n'aurait eu lieu. Mais qu'est-ce qui avait eu lieu, en fin de compte ?

De toute manière, même s'il avait fait le tour de tous les hôtels de Bruxelles, Alex n'aurait jamais pu nous retrouver, vu que mon père n'avait pas donné son nom pour la réservation. Il ne le faisait jamais, d'après ce qu'il m'avait dit. Question de précaution. Ça lui avait déjà rendu service. Pour ses affaires. Je commençais à comprendre de quelles affaires il s'agissait. Je n'avais même pas cherché à en savoir plus. Et mon père n'avait pas insisté non plus pour m'expliquer, bien évidemment.

Le car a fini par démarrer, et on s'est éloignés de la gare pour prendre une rue longeant des immeubles qui semblaient abandonnés depuis des siècles. J'ai senti une boule se former dans ma gorge. En fait, elle était là depuis un bon moment, mais elle prenait de plus en plus de place, au point que je commençais à avoir du mal à avaler.

– Qu'est-ce qui s'est vraiment passé ? j'ai dit.

J'avais sans doute parlé trop bas, parce que mon père n'a pas réagi. Si bien que j'ai été obligé de poser une main sur son bras pour attirer son attention.

– Qu'est-ce qui s'est passé ? j'ai demandé d'une voix plus forte pour couvrir le bruit du moteur.

– Quoi ? a dit mon père en se tournant vers moi.

Je ne voulais pas répéter une troisième fois, alors j'ai attendu.

Au bout d'un moment, il a remué sur son siège. Puis il s'est penché vers moi, à travers le passage entre les rangées. Il a tenté de sourire, mais il n'y est pas vraiment arrivé. Ce n'était pas le sourire de Jim.

– Tu veux dire hier soir ?

J'ai fait non de la tête. J'avais l'impression que je ne pourrais pas prononcer un mot de plus s'il ne répondait pas à ma question. Il fallait qu'il comprenne tout seul de quoi je parlais.

Il a paru réfléchir, puis il a froncé les sourcils.

– Tu ferais mieux de ne plus penser à tout ça, Arthur.

– Et si je ne réussis pas à oublier, moi non plus ?

Je me souvenais de ce qu'avait dit Alex, en tout cas. Qu'il ne pouvait pas oublier ce qui s'était passé ce soir-là.

– Je suis désolé, a dit mon père. Je n'aurais jamais dû vous emmener avec moi. Ce n'était pas une très bonne idée.

– Je pense que si, au contraire.

– Ah bon ?

Cette fois, il m'a regardé. Il m'a vraiment regardé. Peut-être qu'il ne m'avait jamais regardé de cette façon. De manière étonnante, la boule qui obstruait ma gorge s'en était allée, sans que je m'en rende compte.

– Qu'est-ce que tu veux dire, Arthur ?

– Je te connais un peu mieux qu'avant. Je ne te connais pas encore tout à fait, mais je te connais un petit peu. Et j'ai envie de te connaître plus.

Il a ouvert la bouche pour parler, mais, avant qu'il y parvienne, j'ai ajouté :

– Et ne me dis pas qu'il vaut mieux que je ne sois pas au courant de tout.

Il a souri. Il a même failli se mettre à rire, mais sans doute qu'il a vu mon visage, et il s'est arrêté.

– Alors ?

– Quoi ?

– Avec Alex ? Quand vous étiez jeunes. Est-ce qu'il a raison de t'en vouloir ?

– Ah, ça.

Il s'est encore agité avant de poursuivre.

– On a fait une bêtise, a-t-il fini par déclarer. Une grosse bêtise. Quelqu'un a été blessé. Quelqu'un qu'Alex aimait beaucoup. Une… une femme. Une jeune fille. Je te l'ai dit hier. Il y a eu un accident, le feu dans l'appartement. Elle en a réchappé, mais elle a été brûlée. Alex a cru que c'était à cause de moi. Je ne voulais pas l'admettre. Alors je suis parti. J'ai quitté Bruxelles. Je ne voulais pas qu'il m'accuse.

Je ne voulais plus entendre parler de cette histoire. Et j'ai attendu que ça se tasse. Tu comprends ?

– Alors, qui est responsable ? ai-je demandé.

Il n'a pas répondu. Il me regardait, mais j'avais l'impression qu'il ne me voyait pas vraiment, et que c'était une autre image qu'il avait en tête.

– C'est pour ça que je voulais revenir, a-t-il dit.

– À Bruxelles ?

– Je voulais lui dire que c'était ma faute, finalement, a poursuivi mon père, comme s'il n'avait pas entendu ma question. Mais je ne suis jamais arrivé à me décider. C'était… c'était trop difficile. Après toutes ces années. J'aurais tellement voulu…

Il a poussé un soupir.

– J'aurais tellement voulu que rien de tout cela ne soit arrivé. Mais ce n'est pas possible.

On n'a plus rien dit, ni lui ni moi. Mais j'avais l'impression qu'on se parlait en silence. Le problème, quand on se parle en silence, c'est qu'on n'est jamais sûr que l'autre comprend bien ce que vous lui racontez. Et parfois, le silence en dit plus que les paroles.

J'ai jeté un coup d'œil vers Lorraine. Elle était recroquevillée sur le siège à côté du mien. Elle dormait profondément, et elle avait un sourire sur le visage. Sans doute qu'elle était en train de rêver. C'est ce que j'aurais dû faire moi aussi. Comme si rien n'était arrivé. Peut-être que rien n'était arrivé, et que c'était moi qui m'étais fait des idées.

Mais, comme venait de le dire mon père, ce n'était pas possible.

Il a tendu une main vers moi et il l'a posée sur mon épaule.

– J'ai l'impression que tu n'es plus le même, Arthur.

– C'est vrai, j'ai dit. J'ai arrêté de penser à Shangri-La.

Je crois qu'il n'a pas saisi ce que cela signifiait, mais il n'a pas posé de question.

L'auteur remercie la Fédération Wallonie-Bruxelles – Service des Lettres et du Livre – pour l'aide financière apportée lors de la rédaction de cet ouvrage.

Cet ouvrage a été achevé d'imprimer
sur Roto-Page
par l'Imprimerie Floch à Mayenne
en juillet 2023

N° d'impression : 102857
*Imprimé en France*